（唐）白居易　撰

宋本白氏文集

第五册

國家圖書館出版社

第五册目録

卷二七　律詩

卷二八　律詩

卷三〇　格詩

卷三一　律詩

卷三二　律詩

卷三三 律詩

白氏文集卷第二十七

律詩 五言七言 凢九十首

戊申歲暮詠懷三首

窮冬月末兩三日半百年過六七時龍尾趂朝無氣力牛頭參道有心期榮華外物終須悟老病傍人豈得知猶被妻兒教漸退莫求致仕且分司

唯生一女才十二秖欠三年未六旬婚嫁累輕何怕老飢寒心慣不憂貧紫泥丹筆皆經手赤紱金章盡到身更擬踟躕覓何事不歸嵩洛作閑人

七年囚閉作籠禽但願開籠便入林幸得展張今日翅不能辜負昔時心人間禍福愚難料世上風波老不禁萬一差池似前事又應追悔不抽簪

贈夢得

心中萬事不思量坐倚屏風臥向陽漸覺詠詩猶老醜豈宜
憑酒更顛狂頭垂白髮我思退腳蹋青雲君欲忙只有今春
相伴在花前贖醉兩三場

想東遊五十韻 并序

大和三年春予病免官後憶遊浙右數郡兼思到越一訪微
之故兩浙之間一物已上想皆在目吟且成篇不能自休盈五百
字亦猶孫興公想天台山而賦之也

海內時無事江南歲有秋生民皆樂業地主盡賢侯郊靜銷
戎馬城高逼斗牛平河七百里沃壤二三州（自常及杭凡三百里）坐有湖
山趣行無風浪憂食寧妨解纜寢不廢乘流泉石諳天竺煙
霞識虎丘（天竺虎丘寺皆領郡時舊遊賞熟處）餘芳認蘭澤遺詠思蘋洲（古詩云蘭澤多芳草
又柳惲詩云汀洲採白蘋）菡萏紅塗粉菰蒲綠潑油鱗差漁戶舍綺錯稻田溝
紫洞藏仙窟玄泉貯怪湫精神昂老鶴姿彩媚潛虯（大謝詩云潛虯媚幽）

妾靜閲天工妙閑窺物狀幽投竿出比目擲果下獼猴味苦蓮
心小漿甜蔗節稠橘苞從自結藕孔是誰鎪逐日移潮信隨
風變棹謳遞夫交烈火候吏次鳴騶梵塔形疑踊（重玄閣）閶門勢
欲浮（吳閶門）客迎攜酒榼僧待置茶甌小宴閑談笑初筵雅獻
酬稍催朱蠟炬徐動碧牙籌圓醆飛蓮子長裾曳石榴柘
枝隨晝鼓調笑從香毬幕颭雲飄檻簾褰月露鈎舞繁紅
袖凝（去）歌切翠眉愁絃管寧容歇盃盤未許收良辰宜酩酊卒
歲好優遊鱠縷鮮仍細蓴絲滑且柔飽飡爲日計穩睡是
身謀名愧空虛得官知止足休自嫌猶屑屑衆笑大悠悠
物表蹤形役人寰足悔尤蛾須遠燈燭兎勿近罝罘幻世春
來夢浮生水上漚百憂中莫入一醉外何求未死癡王湛無
兒老鄧攸蜀琴安膝上周易在牀頭去去無程客行行不繫
舟勞君頻問訊勸我少淹留（自此後並屬微之）雲雨多分散關山苦阻

脩一吟江月别七見日星周（昔在杭州别微之微之留詩云明朝又向江頭别月落潮平是去時）珠玉傳新什鵷鸞念故儔懸旌心宛轉束楚意綢繆驛舫粧青雀官槽餘紫騮鐃湖期遠汎禹穴約冥搜預掃題詩壁先開望海樓飲思親屢覆昻宿憶並衾稠志氣吾衰也風情子在不應須相見後别作一家遊（吾衰子在並出家語）

病免後喜除賓客

卧在漳濱滿十旬起爲商皓伴三人從今且莫嫌身病不病何由索得身

長樂亭留别

灞滻風烟函谷路曾經幾度别長安昔時蹙促爲遷客今日從容自去官優詔幸分四皓秩祖筵慙繼二踈歡塵纓世網重重縛迴顧方知出得難

陝府王大夫相迎偶贈

紫微閣老自多情白首園公豈要迎伴我綠槐陰下歇向
君紅旆影前行綸巾髮少渾欹仄籃轝肩齊甚穩平但問
主人留幾日分司賓客去無程

別陝州王司馬

笙歌惆悵欲爲別風景闌珊初過春爭得遣君詩不苦黃
河岸上白頭人

將至東都先寄令狐留守

黃鳥無聲葉滿枝閑吟想到洛城時惜逢金谷三春盡恨
拜銅樓一月遲詩境忽來還自得醉鄉潛去與誰期東都
添箇狂賓客先報壺觴風月知

荅崔十八見寄

明朝欲見琴樽伴洗拭金盃拂玉徽君乞曹州刺史替我拋
刑部侍郎歸倚簷老馬收蹄立避箭高鳴盡翅飛豈料洛

陽風月夜故人垂老得相依

贈皇甫賓客

輕衣穩馬槐陰路漸近東來漸少塵耳鬧久憎聞俗事眼明初喜見閑人昔曾對作承華相今復連爲博望賓始信淡交宜久遠與君轉老轉相親

歸履道宅

驛吏引藤轝家僮開竹扉往時多暫住今日是長歸眼下有衣食耳邊無是非不論貧與富飲水亦應肥

問江南物

歸來未及問生涯先問江南物在耶引手摩挲青石笋迴頭點撿白蓮花蘇州舫故龍頭暗王尹橋傾鴈齒斜别有夜深惆悵事月明雙鶴在裴家

蕭庶子相過

半月停車馬何人在白家慇懃蕭庶子愛酒不嫌茶

荅尉遲少尹問所須

乍到頻勞問所須所須非玉亦非珠愛君水閣宜閑詠每有詩成許去無

詠閑

但有閑銷日都無事繫懷朝眠因客起午飯伴僧齋樹合陰交戶池分水夾階就中今夜好風月似江淮

同崔十八寄元浙東王陜州

未能同隱雲林下且復相招祿仕間隨月有錢勝賣藥終年無事抵歸山鏡湖水遠何由泛棠樹枝高不易攀惆悵八科殘四在兩人榮鬧兩人閑

荅蘇庶子月夜聞家僮奏樂見贈

牆西明月水東亭一曲霓裳按小伶不敢邀君無別境絃生管

澁未堪聽

偶吟

里巷多通水林園盡不侚松身爲外戶池面是中庭元氏詩三帙陳家酒一瓶醉來狂發詠鄰女映籬聽

白蓮池泛舟

白藕新花照水開紅窻小舫信風迴誰教一片江南興逐我慇懃萬里來

池上即事

行尋甃石引新泉坐看修橋補釣船綠竹挂衣凉處歇清風展簟困時眠身閑當貴眞天爵官散無憂即地仙林下水邊無猒日便堪終老豈論年

酬裴相公見寄二絕

習靜心方泰勞生事漸稀可憐安穩地捨此欲何歸

又

一雙垂翅鶴數首解嘲文惣是迂閑物爭堪伴相君

荅夢得聞蟬見寄

開緘思浩然獨詠晚風前人貟非前日蟬聲似去年檻花
新雨後柳影欲秋天聽罷無他計相思又一篇

令狐尚書許過𡚁居先贈長句

不矜軒冕愛林泉許到池頭一醉眠已遣平治行藥逕兼教
掃拂釣魚船應將筆硯隨詩主定有笙歌伴酒仙祇候高
情無別物蒼苔石筍白花蓮

自題

老宜官冷靜貧賴俸優饒熱月無堆案寒天不趁朝傍看
應寂寞自覺甚逍遥徒對盈罇酒兼無愁可銷

荅崔十八

勞將白叟比黃公今古由來事不同我有商山君未見清泉白
石在胸中

偶詠

甑熱蕉衣健扶羸竹杖輕誦經凭檻立散藥遶廊行暝槿無
風落秋蟲欲雨鳴身閑當將息病亦有心情

荅蘇六

但喜暑隨三伏去不知秋送二毛來更無別計相寬慰故遣揚
闗勸一盃

秋遊

下馬閑行伊水頭涼風清景勝春遊何事古今詩句裏不多
說著洛陽秋

偶作

張翰一盃酒榮期三樂歌聰明傷混沌煩惱污頭陁章冷秋

生早堦閑日上多近來門更靜無雀可張羅

遊平泉贈晦叔

照水容雖老登山力未衰欲眠先命酒暫歇亦吟詩且喜身無縛終慙鬢有絲迴頭語閑伴閑校十年遲

不出門

不出門來又數旬將何銷日與誰親鶴籠開處見君子書卷展時逢古人自靜其心延壽命無求於物長精神能行便是真修道何必降魔調伏身

勸病鶴

右翅低垂左脛傷可憐風貌甚昂藏亦知白日青天好未要高飛且養瘡

臨都驛送崔十八

勿言臨都五六里扶病出城相送來莫道長安一步地馬頭

西去幾時迴與君後會知何處為我今朝盡一盃

對鏡

三分鬢髮二分絲曉鏡秋容相對時去作忙官應太老退為閑叟未全遲靜中得味何須道穩處安身更莫疑若使至今黃綺在聞吾此語亦分司

勸酒十四首 并序

予分秩東都居多暇日閑来輒飲醉後輒吟若無詞章不成謠詠每發一意則成一篇凡十四篇皆主於酒聊以自勸故以何處難忘酒不如来飲酒命篇

何處難忘酒七首

何處難忘酒長安喜氣新初登高第後乍作好官人省壁明張牓朝衣穩稱身此時無一盞爭奈帝城春

又

何處難忘酒天涯話舊情青雲俱不達白髮遞相驚二十年前别三千里外行此時無一盞何以叙平生

又

何處難忘酒朱門羡少年春分花發後寒食月明前小院迴羅綺深房理管絃此時無一盞爭過艷陽天

又

何處難忘酒霜庭老病翁暗聲啼蟋蟀乾葉落梧桐鬢爲愁先白顔因醉暫紅此時無一盞何計奈秋風

又

何處難忘酒軍功第一高還鄉隨露布半路授旌旄玉柱剥葱手金章爛椹袍此時無一盞何以騁雄豪

又

何處難忘酒青門送别多斂襟收涕淚簇馬聽笙歌煙

樹灞陵岸風塵長樂坡此時無一盞爭奈去留何

又

何處難忘酒逐臣歸故園赦書逢驛騎賀客出都門半面瘴煙色滿衫鄉淚痕此時無一盞何物可招魂

不如來飲酒七首

莫隱深山去君應到自嫌齒傷朝水冷皃苦夜霜嚴漁去風生浦樵歸雪滿巖不如來飲酒相對醉厭厭

又

莫作農夫去君應見自愁迎春犂瘦地趁曉餧羸牛數被官加稅稀逢歲有秋不如來飲酒相伴醉悠悠

又

莫作商人去恓惶君未諳雪霜行塞北風水宿江南藏鏹百千萬沉舟十二三不如來飲酒仰面醉酣酣

又

莫事長征去辛勤難具論何曾畫麟閣秖是老轅門蟣虱衣中物刀槍面上痕不如來飲酒合眼醉昏昏

又

莫學長生去仙方悮殺君那將薤上露擬待鶴邊雲矻矻皆燒藥纍纍盡作墳不如來飲酒閑坐醉醺醺

又

莫上青雲去青雲足愛憎自賢誇智慧相糾鬪功能負爛緣吞餌蛾燋爲撲燈不如來飲酒任性醉騰騰

又

莫入紅塵去令人心力勞相爭兩蝸角所得一牛毛且滅嗔中火休磨笑裏刀不如來飲酒穩臥醉陶陶

和令狐相公寄劉郎中兼見示長句

日月天衢仰面看尚淹池鳳滯臺鸞碧幢千里空移鎮赤筆三年未轉官别後縱吟終少興病來雖飲不多歡酒軍詩敵如相遇臨老猶能一據鞍

即事

見月連宵坐聞風盡日眠室香羅藥氣籠暖焙茶烟鶴啄新晴地雞棲薄暮天自看淘酒米倚杖小池前

期宿客不至

風飄雨灑簾帷故竹映松遮燈火深宿客不來嫌冷落一樽酒對一張琴

問移竹

問君移竹意如何慎勿排行但間窠多種少栽皆有意大都少校不如多

重陽席上賦白菊

滿園花菊鬱金黃中有孤叢色似霜還似今朝歌酒席
白頭翁入少年塲

偶吟二首

眼下有衣兼有食心中無喜亦無憂正如身後有何事應向
人間無所求靜念道經深閉目閑迎禪客小低頭猶殘少
許雲泉興一歲龍門數度遊

晴教曬藥泥茶竈閑看科松洗竹林活計縱貧長淨潔池
亭雖小頗幽深廚香炊黍調和酒牎暖安絃拂拭琴老去生
涯秪如此更無餘事可勞心

何處春先到

何處春先到橋東水北亭凍花開未得冷酒著難醒就日
移輕榻遮風展小屏不勞人勸醉鸎語漸丁寧

勉閑遊

天時人事常多故一歲春能幾處遊不是塵埃便風雨若
非疾病即悲憂貧窮心苦多無興富貴身忙不自由唯有
分司官恰好閑遊雖老未能休

寄兩銀榼與裴侍郎因題兩絕

貧無好物堪爲信雙榼雖輕意不輕願奉謝公池上酌丹心
緑酒一時傾
慣和麴蘗堪盛否重用鹽梅試洗看小器不知容幾許襄陽
米賤酒升寛（銀匠洗銀多以鹽花梅漿也）

小橋柳

細水涓涓似淚流日西惆悵小橋頭衰楊葉盡空枝在猶被
霜風吹不休

哭微之二首

八月涼風吹白幕寢門廊下哭微之妻孥朋友來相弔唯

道皇天無所知
文章卓犖生無敵風骨英靈殁有神哭送咸陽北原上可
能隨例作灰塵

馬上晚吟

人少街荒已寂寥風多塵起重蕭條上陽落葉飄宮樹中
渡流澌擁渭橋出早冒寒衣挍薄歸遲侵黑酒全消如今
不是閑行日日短天陰坊曲遥

醉中重留夢得

劉郎劉郎莫先起蘇臺蘇臺隔雲水酒盞來從一百分馬
頭去便三千里

雪夜喜李郎中見訪兼酬所贈

可憐今夜鵝毛雪引得高情鶴氅人紅蠟燭前明似晝青
氈帳裏暖如春十分滿盞黃金液一尺中庭白玉塵對此欲

留君便宿詩情酒分合相親

任老

不愁陌上春光盡亦任庭前日影斜面黒眼昏頭雪白老應無可更增加

勸歡

火急歡娯慎勿遲眼看老病悔難追樽前花下歌筵裏有求來不得時

荅王尚書問履道池舊橋

虹梁鴈齒隨年換素板朱欄逐日修但恨尚書能久別莫愁川守不頻遊重移舊柱開中眼亂種新花擁兩頭李郭小舩何足問待君乘過濟川舟

晩歸府

晩從履道來歸府街路雖長尹不嫌馬上涼於牀上坐緑槐

風透紫蕉衫

從龍潭寺至少林寺題贈同遊者

山展田衣六七賢搴芳躡翠弄潺湲九龍潭月落杯酒三品松風飄管絃強健且宜遊勝地清涼不覺過炎天始知駕鶴乘雲外別有逍遥地上仙

夜從法王寺下歸嶽寺

雙刹夾虚空緣雲一徑通似從忉利下如過劍門中燈火光初合笙歌曲未終可憐師子座舁出淨名翁

宿龍潭寺

夜上九潭誰是伴雲隨飛蓋月隨盃明年尚作三川守此地兼將歌舞來

嵩陽觀夜奏霓裳

開元遺曲自淒涼況近秋天調是商愛者[illegible]人唯白尹奏時

何處在嵩陽𤟤臨山月[illegible]弥怨散入松風韻更長子晋少姨
聞定怍人間亦便有霓賞

過元家履信宅

雞犬喪家分散後林園失主寂寥時落花不語空辭樹流
水無情自入池風蕩醼船初破漏雨淋歌閣欲傾欹前庭後
院傷心事唯是春風秋月知

和杜録事題紅葉

寒山十月旦霜葉一時新似燒非因火如花不待春連行排絳
帳乱落剪紅巾解駐籃轝看風前唯兩人

題崔常侍濟上別墅 時常侍以長告罷歸今故先報泉石

求榮爭寵任紛紛脱棄金貂秖有君散員蹤去未爲貴小邑
陶休何足云山色好當晴後見泉聲宜向醉中聞主人憶尒尒
知否拋却青雲歸白雲

過溫尚書舊莊

白石清泉拋濟口碧幢紅旆照河陽村人都不知時事猶自呼爲處士莊

天壇峯下贈杜錄事

年顔氣力漸衰殘王屋中峯欲上難頂上將探小有洞（小有洞在天壇頂上）喉中須咽大還丹（時杜方鍊伏火砂）河車九轉宜精鍊火候三年在好看他日藥成分一粒與君先去掃天壇

贈僧五首

鉢塔院如大師（師年八十三登壇秉律凡六十年每歲於師處授八關戒者九度）

百千萬劫菩提種八十三年功德林若不秉持僧行苦將何報荅佛恩深慈悲不繫諸天眼清淨無塵幾地心每歲八關蒙九授慇懃一戒重千金

神照上人（照以說壇爲佛事）

心如定水隨形應口似懸河逐病治曾向衆中先禮拜西方去
日莫相遺

自遠禪師 遠以無事爲佛事

自出家來長自在緣身一衲一繩牀令人見即心無事每一
相逢是道場

宗實上人 實即樊司空之子捨官位妻子出家

榮華恩愛弃成唾戒定真如和作香今古雖殊同一法瞿
曇抛却轉輪王

淸閑上人 自蜀入洛於長壽寺說法度人

梓潼眷屬何年別長壽壇場近日開應是蜀人皆度了
法輪移向洛中來

彈秋思

信意閑彈秋思時調清聲直韻疎遲近來漸喜無人聽

琴格高低心自知

自詠

隨宜飲食聊充腹取次衣裘亦煖身未必得年非瘦薄無妨長福是單貧老龜豈羨犧牲飽蟠木寧爭桃李春隨分自安心自斷是非何用問閑人

分司初到洛中偶題六韻兼戲呈馮尹

捐府念多病春宮容不才官銜依口得俸禄逐身來白首休園在紅塵車馬迴招呼新客旅掃掠舊池臺小舫宜携樂新荷好蓋盃不知金谷主早晚賀筵開

春風

春風先發苑中梅櫻杏桃梨次第開薺花榆莢深村裏亦道春風爲我來

白氏文集卷第二十八

律詩 七言 五言 凡一百首

洛陽春

洛陽陌上春長在昔別今來二十年唯覓少年心不得其餘萬事盡依然

恨去年

老去猶耽酒春來不著家去年來校晚不見洛陽花

早出晩歸

早起或因攜酒出晩歸多是看花迴若抛風景長閑坐自問東京作底來

魏王堤

花寒懶發鳥慵啼信馬閑行到日西何處未春先有思柳條無力魏王堤

嘗黃醅新酎憶微之

世間好物黃醅酒天下閑人白侍郎愛向夘時謀洽樂亦曾酉日放顛狂醉來枕麴貧如富詩云一醉日富身後堆金有若亡元九計程殊未到甕頭一盞共誰嘗

勸行樂

少年信美何曾久春日雖遲不再中歡笑勝愁歌勝哭請君莫道等頭空

老慵

豈是交親向我疎老慵自愛閉門居近來漸喜知聞斷免惱嵇康索報書

酬別微之[illegible]作

澧頭峽口錢唐岸[illegible]三別[illegible]經二十年[illegible]且喜筋骸俱健在勿嫌鬚鬢各皤然[illegible]歸[illegible]北闕朝天帝我住東京作地仙博望自

來非弃罷承明臺（八年六月[illegible]）[illegible]辭[illegible]停燈語寒展衾[illegible]對枕眠猶被分司官[illegible]甘泉

予與微之老而無子發於言[illegible]歎著在詩篇今年冬各有一子戲作二什一以相賀一以自嘲

常憂到老都無子何況新生又是兒陰德自然宜有慶（[illegible]陰德其後蕃）皇天可得道無知（皇[illegible]）一園水竹今爲主（微之履信新居多水竹也）卷文章更付誰（微之文集凡一百卷）莫慮鵷雛無浴處即應重入鳳凰池

自嘲

五十八翁方有後靜思堪喜亦堪嗟一珠甚小還慚蚌八子雖多不羨鴉秋月晚生丹桂實春風新長紫蘭芽持盃祝願無他語慎勿頑愚似汝耶

自問

年來私自問何故不歸京佩玉腰無力看花眼不明老慵難

發遣春病易滋生賴有彈琴女時時聽一聲

晚桃花

一樹紅桃亞拂池竹遮松蔭晚開時非因斜日無由見不是閑人豈得知寒地生材遺校易貧家養女嫁常遲春深欲落誰憐惜白侍郎來折一枝

夜調琴憶崔少卿

今夜調琴忽有情欲彈惆悵憶崔卿何人解愛中徽上秋思頭邊八九聲

阿崔

謝病臥東都羸然一老夫孤單同伯道遲暮過商瞿豈料鬢成雪方看掌弄珠已衰寧望有雖晚亦勝無蘭入前春夢桑懸昨日弧里閭多慶賀親戚共歡娛膩剃新胎髮香繃小繡襦玉芽開手爪蘇顆點肌膚弓冶將傳汝琴

書勿墜吾未能知壽夭何暇慮賢愚羣氣初離殼啼聲漸
變鷄何時能反哺供養白頭烏

贈鄰里往還

問予何故獨安然免被飢寒婚嫁牽骨肉都盧無十口糧
儲依約有三年但能斗藪人間事便是逍遙地上仙唯恐往
還相厭賤南家飲酒北家眠

王子晉廟

子晉廟前山月明人聞往往夜吹笙鸞吟鳳唱聽無拍多
似霓裳散序聲

晚起

起晚憐春暖歸遲愛月明放慵長飽睡聞健且閑行北闕
停朝簿西方入社名唯吟一句偈無念是無生

酬皇甫賓客

玄晏家風黄綺身深居高卧養精神性慵無病常稱病心足
雖貧不道貧竹院君閑銷永日花亭我醉送殘春自嫌詩酒
猶多興若比先生是俗人

池上贈韋山人

新竹夾平流新荷拂小舟衆皆嫌好拙誰肯伴閑遊客爲
忙多去僧因飯暫留獨憐韋處士盡日共悠悠

無夢

老眼花前暗春衣雨後寒書詩多忘却新酒且嘗看拙定於
身穩慵應趣伴難漸銷名利想無夢到長安

對小潭寄遠上人

小潭澄見底閑客坐開襟借問不流水何如無念心彼惟清
且淺此乃寂而深是義誰能答明朝問道林

閑吟二首

留司老賓客春盡興如何官寺行香少僧房寄宿多閑領
一盞酒醉聽兩聲歌憶昔陶潛語羲皇無以過

又

閑遊來早晚已得一周年嵩洛供雲水朝庭乞去聲俸錢長
謌時獨酌飽食後安眠聞道山榴發明朝向玉泉

獨遊玉泉寺 三月三十日

雲樹玉泉寺肩舁半日程更無人作伴秖共酒同行新葉千
万影殘鸎三兩聲閑遊竟未足春盡有餘情

晚出尋人不遇

籃輿不乘乘晚涼相尋不遇亦無妨輕衣穩馬槐陰下自要
閑行一兩坊

苦熱

頭痛汗盈巾連宵復達晨不堪逢苦熱猶賴是閑人朝客

應煩倦農夫更苦辛始慙當此日得作自由身

銷暑

何以銷煩暑端居一院中眼前無長去物窻下有清風熱散由心靜涼生爲室空此時身自得難更與人同

行香歸

出作行香客歸如坐夏僧牀前雙草屨簷下一紗燈琭委腰無力冠欹髮不勝鸞臺龍尾道合盡上少年登

同王十七庶子李六員外鄭二侍御同年四人遊龍門有感而作

一曲悲歌酒一樽同年零落幾人存世如閱水應堪嘆名似浮雲豈足論各從禄仕休明代共感平生知己恩今日與君重上處龍門不是舊龍門

池上小宴問程秀才

洛下林園好自知江南境物暗相隨淨淘紅粒罯香飯薄切
紫鱗烹水葵雨滴蓬聲青雀舫浪搖花影白蓮池停盃一
問蘇州客何似吳松江上時

橋亭卯飲

卯時偶飲齋時臥林下高橋橋上亭松影過窻眠始覺竹
風吹面醉初醒就荷葉上苞魚鮓當石渠中浸酒缾生計
悠悠身兀兀甘從妻喚作劉靈

舟中夜坐

潭邊霽後多清景橋下凉來足好風秋鶴一雙舡一隻夜
深相伴月明中

戲和微之荅竇七行軍之作 依本韻

旌鉞從櫜鞬賓僚禮數全夔龍來要地鵷鷺下遼天赭汗
騎驕馬青蛾舞醉仙合成江上作散到洛中傳陋巷能無酒

貧池亦有舩春麥秋未寄護道有閑錢

閑忙

奔走朝行內棲遲林墅閑多因病後退少及健時還斑白霜侵鬢蒼黃日下山閑忙俱過日忙校不如閑

西風

西風來幾日一葉已先飛新霽乘輕屐初涼換熟衣淺渠銷慢水疏竹漏斜暉薄暮青苔巷家僮引鶴歸

題西亭

多見朱門富貴人林園未畢即無身我今幸作西亭主已見池塘五度春

觀游魚

遶池閑步看魚遊正值兒童弄釣舟一種愛魚心各異我來施食尒垂鈎

看採蓮

小桃閑上小蓮船半採紅蓮半白蓮不似江南惡風浪芙蓉
池在卧牀前

看採菱

菱池如鏡淨無波白點花稀青角多時唱一聲新水調謾
人道是採菱歌

天老

早世身如風裏燭暮年髮似鏡中絲誰人斷得人間事少夭
堪傷老又悲

秋池

洗浪清風透水霜水邊閑坐一繩牀眼塵心垢見皆盡不是
秋池是道塲

登天宮閣

午時乘興出薄暮未能還高上烟中閣平看雪後山委形群動裏任性一生間洛下多閑客其中我冣閑

新雪二首

不思北省烟霄地不憶南宮風月天唯憶靜恭楊閣老小園新雪煖爐前　寄楊舍人

不思朱雀街東鼓不憶青龍寺後鐘唯憶夜深新雪後新昌臺上七株松

日高卧

怕寒放懶日高卧臨老誰言牽率身夾幕繞房深似洞重裀襯枕暖於春小青衫動桃根起嫩綠醅浮竹葉新未裹頭前傾一盞何如衝雪趁朝人

和微之任校書郎日過三鄉

三鄉過日君年幾今日君年五十餘不獨年催身亦變校書

郎變作尚書

和微之十七與君別及朧月花枝之詠

别時十七今頭白惱亂君心三十年垂老休吟花月句恐君更結後身縁

和微之歎槿花

朝榮殊可惜暮落實堪嗟若向花中比猶應勝眼花

思往喜今

憶除司馬向江州及此凡經十五秋雖在簪裾從俗累半尋山水是閑遊謫居終帶鄉關思領郡猶分邦國憂爭似如今作賓客都無一念到心頭

題平泉薛家雪堆莊

怪石千年應自結靈泉一帶是誰開蹙爲宛轉青蛇項噴作玲瓏白雪堆赤日旱天長看雨玄陰臘月亦聞雷所嗟

地去都門遠不得肩舁每日來

和微之道保生三日

相看鬢似絲始作弄璋詩且有承家望誰論得力時予與

三日嘆猶勝七年遲（予老微之七歲）我未能忘喜君應不合悲嘉名

稱道保乞姓号崔兒但恐持相並蒹葭魯璵樹枝

哭皇甫七郎中 湜

志業過玄晏詞華似禰衡多才非福祿薄命是聰明不得

人間壽還留身後名涉江文一首便可敵公卿（持正奇文甚多涉江一章尤出）

晚起

爛熳朝眠後頻伸晚起時暖爐生火早寒鏡裹頭遲融

雪煎香茗調蘇煮乳糜慵饞還自哂快活亦誰知酒性溫

無毒琴聲淡不悲榮公三樂外仍弄小男兒

疑夢二首

莫驚寵辱虛憂喜莫計恩讎浪苦辛黃帝孔丘無處問安
知不是夢中身
鹿疑鄭相終難辨蝶化莊生詎可知假使如今不是夢能長
於夢幾多時

夜宴惜別

笙歌旖旎曲終頭轉作離聲滿坐愁箏怨朱絃從此斷燭
啼紅淚爲誰流夜長似歲歡宜盡醉未如泥飲莫休何況雞
鳴即須別門前風雨冷脩脩

歸來二周歲

歸來二周歲二歲似須臾池藕重生葉林鵶再引雛時豐
實倉廩春暖葺庖廚更作三年計三年身健無

吾土

身心安處爲吾土豈限長安與洛陽水竹花前謀活計琴詩

酒裏到家鄉榮先生老何妨樂楚接輿歌未必狂不用將金
買莊宅城東無主是春光
題岐王舊山池石壁
樹深藤老竹迴環石壁重重錦翠斑俗客看來猶解愛忙
人到此亦須閑況當霽景涼風後如在千巖万壑間黃綺
更歸何處去洛陽城内有商山
病眼花
頭風目眩乘衰老秖有增加豈有瘳（傳本有加　石無瘳）花發眼中猶足
怪柳生肘上亦須休大窠羅綺看纔辨小字文書見便愁必
若不能分黑白却應無悔復無尤
早飲醉中除河南君勑到
雪擁衙門水滿池溫爐卯後煖寒時緑醅新酎嘗初醉黃紙
除書到不知厚俸自來誠忝濫老身欲起尚遲疑應須了却

丘中計女嫁[illegible]賢[illegible]三遷資

除夜

病眼少眠非守歲老心多感又臨春火銷燈盡天明後便是平頭六十人

府西池

柳無氣力枝先動池有波文冰盡開今日不知誰計會春風春水一時來

天津橋

津橋東北斗亭西到此令人詩思迷眉月晚生神女浦臉波春傍窈娘堤柳絲嫋嫋風繰出草縷茸茸雨剪齊報道前騶少呼喝恐驚黃鳥不成啼

不准擬二首

籃轝騰騰一老夫褐裘烏帽白髭鬚早衰饒病多蔬食

筋力消磨合有無不准擬身年六十上山仍未要人扶

憶昔謫居炎瘴地巴猿引引哭虎隨行多於賈誼長沙苦予自左黜江峽凡經七年小校潘安白髮生不准擬身年六十遊春猶自有心情

府中夜賞

櫻桃廳院春偏好石井欄堂夜更幽白粉牆頭花半出緋紗燭下水平流閑留賓客嘗新酒醉領笙歌上小舟舞袖飄颻棹容與忽疑身是夢中遊

府西池北新葺水齋即事招賓偶題十六韻

繚繞府西面潺湲池北頭鑿開明月峽決破白蘋洲清淺漪瀾急夤緣浦嶼幽直衝行徑斷平入卧齋流石疊青稜玉波翻白片鷗噴時千點雨澄處一泓油絕境應難別悲列反同心豈易求少逢人愛翫多是我淹流夾岸鋪長簟當軒泊小舟枕前看鶴浴床下見魚遊洞戶斜開扇羽踈簾半上鉤紫浮萍泛

紅碧亞竹一篇脩讀羅維書仍展慕終焉求收午茶能散睡卯酒善銷愁簷雨晚初霽牖風涼欲休詎能伴老君時復一閑遊

哭崔兒

掌珠一顆兒三歲鬢雪千莖父六旬豈料汝先為異物常憂吾不見成人悲腸自斷非因劍啼眼加昏不是塵懷抱又空天默默依前重作鄧攸身

初喪崔兒報微之晦叔

書報微之晦叔知欲題崔字淚先垂世間此恨偏敦我敦音堆見詩注天下何人不哭兒蟬老悲鳴拋蛻後龍眠驚覺失珠時文章十帙官三品身後傳誰庇廕誰

府齋感懷酬夢得時初喪崔兒夢得以詩相安云從此期君比瓊樹一枝吹折一枝生故有此落句以報之

府伶呼喚爭先到家醞提攜動輒隨合是人生開眼日自當年老斂眉時丹砂鍊作三銖土玄鬢看成一把絲勞寄新詩遠安

慰不閑枯樹更生枝

齋居

香火多相對葷腥久不嘗黄耆數匙粥赤箭一甌湯厚俸將何用閑居不可忘明年官滿後擬買雪堆莊

與諸道者同遊二室至九龍潭作

喜逢二室遊仙子厭作三川守土臣舉手摩挲潭上石開襟抖擻府中塵他日終爲獨往客今朝未是自由身若言尹是嵩山主三十六峯應笑人

履道池上作

家池動作經旬别松竹禽魚好在無樹暗小巢藏巧婦渠荒新葉長慈姑不因車馬時時到豈覺林園日日蕪猶喜春深公事少每來花下得徘徊

六十拜河南尹

六十河南尹前途足可知老應無處避病不與人期幸遇芳
菲日猶當強健時万金何假藉一盞莫推辭流水光陰急
浮雲富貴遲人間若無酒盡合鬢成絲

重修府西水亭院

因下疏爲沼隨高築作臺龍門分水入金谷取花栽遶岸
行初匝憑軒立未迴園西有池位留與後人開

與諸公同出城觀稼

老尹醉醺醺來隨年少群不憂頭似雪但喜稼如雲歲望
千箱積秋憐五穀分何人知帝力堯舜正爲君

水堂醉卧問杜三十一

聞君洛下住多年何處春流最可憐爲問魏王堤岸下何如
同德寺門前無妨水色堪閑翫不得泉聲伴醉眠那似此堂
簾幕底連明連夜碧潺湲

歲暮言懷

職與才相背心將口自言磨鈆教切玉駈鴈遣乘軒只合居巖竇何因入府門年終若無替轉恐負君恩

座中戲呈諸少年

衰容禁得無多酒秋鬢新添幾許霜縱有風情應淡薄假如老健莫誇張興來吟詠從成癖飲後酣歌少放狂不爲倚官兼挾勢因何入得少年場

雪後早過天津橋偶呈諸客

官橋晴雪曉峩峩老尹行吟獨一過紫綬相輝應不惡白鬚同色復如何悠揚短景凋年急牢落衰情感事多猶賴洛中饒醉客時時說我喚笙歌

新製綾襖成感而有詠

水波文襖造新成綾軟緜匀溫復輕晨興好擁向陽坐晚

出宜披蹋雪行鶴氅毳疎無實事木綿花冷得虚名宴安往往歡侵夜臥穩昏昏睡到明百姓多寒無可救一身獨煖亦何情心中爲念農桑苦耳裏如聞飢凍聲爭得大裘長萬丈與君都蓋洛陽城

早春雪後贈洛陽李長官長水鄭明府二同年

獻歲晴和風景新銅駞街郭暖無塵府庭共賀三川雪縣道分行百里春朱紱洛陽官位屈青袍長水俸錢貧有何功德紆金紫若比同年是幸人

醉吟

醉來忘渴復忘飢冠帶形骸杳若遺耳底齋鐘初過後心頭卯酒未消時臨風朗詠從人聽看雪閑行任馬遲應被衆疑公事慢承前府尹不吟詩

府酒五絶

變法

自慙到府來周歲惠愛威稜一事無唯是改張官酒法漸
從濁水作醍醐

招客

日午微風且暮寒春風冷峭雪乾殘碧氊帳下紅爐畔試
爲來嘗一盞看

辨味

甘露太甜非正味醴泉雖潔不芳馨盃中此物何人別柔
言之中有典刑

自勸

憶昔羈貧應舉年脫衣典酒曲江邊十千一斗猶賒飲何
況官供不著錢

論妓

燭潑夜粘桃葉袖酒痕春污石榴裙莫辭辛苦供歡宴老後
思量悔煞君

晚歸早出

筋力年年減風光日日新退衙歸逼夜拜表出侵晨何
處臺無月誰家池不春莫言無勝地自是少閑人坐厭推
因案行嫌引馬塵幾時辭府印却作自由身

南龍興寺殘雪

南龍興寺春晴後緩步徐吟遶四廊老趁風花應不稱
悶尋松雪正相當吏人引從多乘轝賓客逢迎少下堂不
擬人間更求事些些疎懶亦何妨

天宮閣早春

天宮高閣上何頻每上令人耳目新前日晚登緣看雪今朝
晴望爲迎春林鶯何處吟箏柱墻柳誰家曬麴塵可惜

三川虛作主風光不屬白頭人

履道居三首

莫嫌地窄林亭小莫厭貧家活計微大有高門鏁寬宅主人到老不曾歸

東里素帷猶未徹南鄰丹旐又新懸衡門蝸舍自慚愧收得身來已五年

世事平分衆所知何嘗苦樂不相隨唯餘耽酒狂歌客只有樂時無苦時

和夢得冬日晨興

漏傳初五點雞報第三聲帳下從容起窻間曨聰明照書燈未滅煖酒火重生理曲絃歌動先聞唱渭城

雪夜對酒招客

帳小青氈暖盃香醱蟻新醉憐今夜月歡憶去年人暗

落燈花燼閑生草塵塵慇懃報絃管明日有嘉賓

贈晦叔憶夢得

自別崔公四五秋因何臨老轉風流歸來不說秦中事歌定唯謀洛下遊酒面浮花應是喜歌眉斂黛不關愁得君更有無厭意猶恨樽前欠老劉

醉後重贈晦叔

老伴知君少歡情向我偏無論踈與數相見輒欣然各以詩成癖俱因酒得仙笑迴青眼語醉並白頭眠豈是今投分多疑宿結緣人間更何事攜手送衰年

睡覺

星河耿耿漏綿綿月暗燈微欲曙天轉枕頻伸書帳下披裘箕踞火爐前老眠早覺常殘夜病力先衰不待年五欲已銷諸念息世間無境可勾牽

白氏後集卷第二十八

白氏文集卷第二十九

律詩　凡四十七首

詠興五首　并序

七年四月予罷河南府歸履道第廬舍自給衣儲自充無欲無營或歌或舞頹然自適蓋河洛間一幸人也遇興發詠偶成五章各以首句命爲題目

解印出公府

解印出公府斗藪塵土衣百吏放尓散雙鶴隨我歸歸來履道宅下馬入柴扉馬嘶返舊櫪鶴舞還故池雞犬何忻忻鄰里亦依依年顔老去日生計勝前時有帛禦冬寒有穀防歲飢飽於東方朔樂於榮啓期人生且如此此外吾不知

出府歸吾廬

出府歸吾廬靜然安且逸更無客干謁時有僧問疾家僮十

餘人櫪馬三四匹慵發經旬臥興來連日出出遊愛何處嵩碧伊瑟瑟況有清和天正當[illegible][illegible]日身閑自爲貴何必居榮祑心足即非貧豈唯金滿室吾觀權勢者苦以身徇物炙手外炎炎履冰中慄慄朝飢口忘味夕惕心憂失但有富貴名而無富貴實

池上有小舟

池上有小舟舟中有胡床床前有新酒獨酌還獨嘗薰若春日氣皎如秋水光可洗機巧心可蕩塵垢腸岸曲舟行遲一曲進一觴未知幾曲醉醉入無何鄉寅緣潭島間水竹深青蒼身閑心無事白日爲我長我若未忘世雖閑心亦忙世若未忘我雖退身難藏我今異於是身世交相忘

四月池水滿

四月池水滿龜游魚躍出吾亦愛吾池池邊開一室人魚雖

異族其樂歸於一旦與爾爲徒逍遥同過月爾無恙汝滄海蒲藻可委質吾亦忘青雲衡茅足容膝况吾與爾輩本非蛟龍之假如雲雨來秪是池中物

小庭亦有月

小庭亦有月小院亦有花可憐好風景不解嫌貧家菱角執笙簧谷兒抹琵琶紅綃信手舞紫綃隨意歌（菱谷紫紅皆小臧獲名也）村歌與社舞客哂主人誇但問樂不樂豈在鐘鼓多客告暮將歸主稱日未斜請客稍深酌願見朱顔酡客知主意厚分數隨口加堂上燭未秉座中冠已峩左顧短紅袖右命小青娥長跪謝貴客蓬門勞見過客散有餘興醉卧獨吟哦幕天而席地誰奈劉伶何

秋涼閑卧

殘暑晝猶長早涼秋尚嫩露荷散清香風竹含疎韻幽閑

覔月卧裏病無人問薄暮宅門前槐花深一寸

酬思黯相公見過弊居戲贈

軒盖光照地行人爲徘徊呼傳君子出乃是故人來訪我
入窮巷引君登小臺臺前多竹樹池上無塵埃貧家何所
有新酒三兩杯欵曲語上馬從容復遲迴留守不外宿日斜
宮漏催但留金刀贈未接玉山頹家醖不敢惜待君來即
開村妓不辤出恐君囅然咍

再授賓客分司

優穩四皓官清崇三品列伊予再塵忝內愧非才哲俸錢七八
万給受無虛月分命在東司又不勞朝謁既資閑養疾亦賴
慵藏拙賔友得從容琴觴恣怡悅乘篮城外去繫馬花前
歇六遊金谷春五看龍門雪吾若默無語安知吾快活吾欲更
盡言復恐人豪奪應爲時所笑古惜分司闕但問適意無

豈論官冷熱

把酒

把酒仰問天古今誰不死所貴未死閒少憂多歡喜窮通諒在天憂喜即由己是故達道人去彼而取此勿言未富貴久忝居祿仕借問宗族閒幾人拖金紫勿憂漸衰老且喜加年紀試數班行中幾人及暮齒朝飡不過飽五鼎徒爲尔夕寢止求安一衾而已矣此外皆長（去聲）物於我雲相似有子不留金何況兼無子

首夏

林靜蚊未生池靜蛙未鳴景長天氣好竟日和且清春禽餘哢在夏木新陰成兀尔水邊坐翛然橋上行自問一何適身閑官不輕料錢隨月用生計逐日營食飽慙伯夷酒足愧淵明（陶潛詩云飲酒常不足）壽倍顏氏子富百黔婁生有一即爲樂況吾四者并所以私自慰雖老有心情

代鶴

我本海上鶴偶逢江南客感君一顧恩同來洛陽陌洛陽寡族類皎皎唯兩翼貞是天與高色非日浴白主人誠可戀其奈軒庭窄飲啄雜雞群年深損標格故鄉緲何處雲水重重隔誰念深籠中七換摩天翮

立秋夕有懷夢得

露簟荻竹清風扇蒲葵輕一與故人別再見新蟬鳴是夕涼飇起閑境入幽情迴燈見棲鶴隔竹聞吹笙夜茶一兩杓秋吟三數聲所思渺千里雲外長洲城

哭崔常侍晦叔

頑賤一拳石精珍百鍊金名價既相遠交分何其深中誠一以合外物不能侵逶迤二十年與世同浮沉晚有退閑約白首歸雲林垂老忽相失悲哉口語心春日嵩高陽秋夜清洛陰丘園共

誰上山水共誰尋風月共誰賞詩篇共誰吟花開共誰看酒熟共誰斟惠死莊杜口鍾殁師曠琴道理使之然從古非獨今吾道自此孤我情安可任唯將病眼淚一灑秋風襟

新秋晚興

濁暑忽已退清宵未全長晨釭耿殘焰宿閤凝微香喔喔雞下樹輝輝日上梁枕低茵席軟臥穩身入牀睡足景猶早起初風乍涼晨張小屏障收拾生衣裳還有惆悵事遲遲未能忘拂鏡梳白髮可憐冰照霜

秋日與張賓客舒著作同遊龍門醉中狂歌凡百三十八字

秋天高高秋光清秋風嫋嫋秋蟲鳴嵩峯餘霞錦綺卷伊水細浪鱗甲生洛陽閑客知無數少出遊山多在城商嶺老人自追逐蓬丘逸士相逢迎南出鼎門十八里莊店邐迤橋道平

不寒不熱好時節鞍馬穩快衣衫輕並轡踟躕下西岸扣舷容與
遶中汀開懷曠達無所繫縱目勝絕不可名荷衰欲黃荇猶
緑魚樂自躍鷗不驚翠藻蔓長孔雀尾彩船櫓急寒雁聲
家醖一壺白玉液野花數把黃金英晝遊四看西日暮夜話
三及東方明暫停盃觴輟吟詠我有狂言君試聽丈夫一生有
二志兼濟獨善難得幷不能救療生民病即須先濯塵土
纓況吾頭白眼已暗終日戚促何所成不如展眉開口笑龍門
醉臥香山行

履信池櫻桃島上醉後走筆送別舒員外兼寄
宗正李卿考功崔郎中

櫻桃島前春去春花萬枝忽憶與宗卿閑飲日又憶與考功
狂醉時歲晚無花空有葉風吹滿地乾重疊踏葉悲秋復憶
春池邊樹下重殷勤今朝一酌臨寒水此地三週別故人櫻桃

花來春千万朶來春共誰花下坐不論崔李上青雲明日舒三亦抛我

秋池獨汎

蕭疎秋竹籬清淺秋風池一隻短舺艇一張斑鹿皮皮上有野叟手中持酒卮半酣箕踞坐自問身爲誰嚴子垂釣日蘇門長嘯時悠然意自得意外何人知

冬日早起閑詠

冰塘耀初旭風竹飄餘霰幽境雖目前不因閑不見晨起對爐香道經尋兩卷晚坐拂琴塵秋思彈一遍此外更無事開樽時自勸何必東風來一盃春上面

歲暮

慘澹歲云暮窮陰動經旬霜風裂人面冰雪摧車輪而我當是時獨不知苦辛晨炊廩有米夕爨廚有薪夾帽長覆耳重

裘寛裹身加之一盃酒煦嫗如陽春洛城士與庶比屋多飢貧
何處爐有火誰家甑無塵如我飽煖者百人無一人安得不慚愧
放歌聊自陳

南池早春有懷

朝遊北橋上晩憩南塘畔西日雪全銷東風冰盡泮簁簁魚
尾掉瞥瞥鵝毛換泥暖草芽生沙虛泉脈散晴芳冒苔島
宿潤侵蒲岸洛下日初長江南春欲半時芳共拋擲人事堪嗟嘆
倚棹忽尋思去年池上伴

古意

脉脉復脉脉美人千里隔不見來幾時瑤草三四碧玉琴聲
悄悄鸞鏡塵羃羃昔為連理枝今作分飛翮寄書多不達
加飯終無益心腸不自寛衣帶何由窄

山遊示小妓

雙鬟垂未合三十纔過半本是綺羅人今爲山水伴春泉共揮弄好樹同攀翫笑容花底迷酒思風前乱紅凝舞袖急黛慘歌聲緩莫唱楊柳枝無腸與君斷

神照禅師同宿

八年十二月晦山梨花満枝龍門水西寺夜與遠公期晏坐自相對寂語誰得知前後際断㚟一念不生時

張常侍相訪

西亭晚寂寞鶯散柳陰繁水戶簾不卷風牀席自翻忽聞車馬客來訪蓬蒿門況是張常侍安得不開樽

早夏遊宴

雖慵興猶在雖老心猶健昨日山水遊今朝花酒宴山榴艷似火玉蘂飄如霰歘榮寒暑遷炎涼隨刻變未收木綿褥已動蒲葵扇且喜物與人年年得相見

感白蓮花

白白芙蓉花本生吳江濆不與紅者雜色類自區分誰移尒至此姑蘇白使君物老苦顦顇久乃芳氛氳月月葉換葉年年根生根陳根與故葉銷化成泥壓化者日已遠來者日復新一爲池中物永別江南春忽想西涼州中有天寶民埋歿漢父祖孳生胡子孫已忘鄉土戀豈念君親恩生人尚復尒草木何足云

詠所樂

獸樂在山谷魚樂在陂池蟲樂在深草鳥樂在高枝所樂雖不同同歸適其宜不以彼易此況論是與非而我何所樂所樂在分司分司有何樂樂哉人不知官優有祿料職散無羈縻懶與道相近鈍將閑自隨昨朝拜表迴今晚行香歸歸來北窓下解巾脫塵衣冷泉灌我頂暖水濯四支體中幸無疾

卧任清風吹心中又無事坐任白日移或開書一篇或引酒一巵但得如今日終身無厭時

思舊

閑日一思舊舊遊如目前再思今何在零落歸下泉退之服流黃一病訖不痊微之鍊秋石未老身溘然杜子得丹訣終日斷腥羶崔君誇藥力經冬不衣綿或疾或暴夭悉不過中年唯予不服食老命反遲延況在少壯時亦爲嗜欲牽但耽葷與血不識汞與鉛飢來吞熱物渴來飲寒泉詩役五藏神酒汩三丹田隨日合破壞至今粗完全齒牙未缺落支體尚輕便已開第七袟飽食仍安眠且進一盃中物其餘皆付天

寄盧少卿

老誨心不亂[illegible]識形太勞生命既能保死籍亦可逃嘉肴與旨酒信是腐腸膏艷聲與麗色真爲伐性刀補養在積功如裘

集衆毛將欲致千里可得邑一毫心不亂身不勞至老一毫皆由老子及諸道書仙方禁誡顏回何爲首簞瓢纔自給耶豔一不到口年不登三十張蒼何爲者滌愛浩無際妾媵墳後占所音壽百餘歲蒼壽有何德回夭有何辜誰[illegible]鹽不如肥瓠軀遂使世俗心多疑仙道書寄問盧先生此理當何如

池上清晨候皇甫郎中

曉景麗未熱晨飈鮮且涼池幽綠蘋合霜潔白蓮香深掃竹間逕靜拂松下牀玉柄鶴翎扇銀罌雲母漿屛除無俗物瞻望唯清光何人擬相訪嬴女從蕭郎

詠懷

我知世無幻了無干世意世知我無堪亦無責我事由茲兩相忘因得長自遂自遂意何如閑官在閑地閑地唯東都東都少名利閑官是賔客賔客無牽累嵇康日日懶畢卓時時醉

酒肆夜深歸僧房日高睡形安不勞背神泰無憂畏從官三十年無如今氣味鴆鵂脫羅弋鶴尚居祿位唯此未忘慊有時猶内愧

北窗三友

今日北窗下自問何所爲欣然得三友三友者爲誰琴罷輒舉酒酒罷輒吟詩三友遞相引循環無已時一彈愜中心一詠暢四支猶恐中有間以醉彌縫之豈獨吾拙好古人多若斯嗜詩有淵明嗜琴有啓期嗜酒有伯倫三人皆我師或乏擔石儲或穿帶索衣絃歌復觴詠樂道知所歸三師去已遠高風不可追三友游甚熟無日不相隨左擲白玉卮右拂黃金徽興酣不疊紙走筆操狂詞誰能持此詞爲我謝親知縱未以爲是豈以我爲非

吟四雖　雜言

酒酣後歌歌時請君添一爵聽我吟四雖年雖老猶少於韋長史命雖薄猶勝於鄭長水眼雖病猶明於徐郎中家雖貧猶富於郭庶子省躬審分何僥倖值酒逢歌且歡喜忘榮知足委天和亦應得盡生生理分司同官中韋長史績年七十餘郭庶子求貧苦家甚徐郎中晦因疾喪明予為河南尹時見同年鄭俞始受長水縣令因歎四子而成此篇也

裴侍中晉公以集賢林亭即事詩二十六韻見贈猥蒙徵和才拙詞繁輒廣為五百言以伸酬獻

三江路千里五湖天一涯何如集賢第中有平津池池勝主見覺景新人未知竹森翠琅玕水深洞琉璃水竹以為質質立而文隨文之者何人公來親指麾疏鑿出人意結犯御名得地宜雲襟一搜索勝槩無遁遺因下張沼沚依高築階基高峯見數片伊水分一枝南溪修且直長波碧逶迤北館壯復麗倒影紅參差東島號晨光泉曜迎朝曦西嶺名夕陽杳曖留落暉前

有水心亭動蕩架漣漪後有閑閒堂寒溫變天時幽泉鏡
泓澄怪石山攲危已上八所各具本名 春葩雪漠漠謂古花島 夏果珠離離謂櫻
桃島 主人命方舟宛在水中坻親賓次第至酒樂前後施解纜始
登汎山遊仍水嬉沿洄無滯礙向背窮幽奇彎過遠橋下飄旋
深澗陣管絃去縹緲羅綺來霏微棹風逐舞迴梁塵隨歌
飛宴餘日去暮醉客亦放歸高声索彩牋大笑催金卮唱和
筆走疾問荅盃行遲一詠清兩耳一酣暢四支主客忘貴賤不知
俱是誰客有詩魔者吟哦不知疲乞公殘紙墨一掃在歌詞
維云社稷臣赫赫文武姿十授丞相印五建大將旗四朝致勛
華一身冠皐夔去年 才七十史冊懸車期公志不可奪君恩
亦難違從容就中道從俾來者聲名擅千載亦不脫鸞凰已不
羈歷衡今與古獨步無一等夷陸贄功業少二疏官秩卑乘舟
范蠡懼辟穀留侯欺豈若公早占勿去恭國肥羊祜在漢南

空留峴首碑柳惲在吳興賦汀洲詩謝安入東山但說攜蛾眉山簡醉高陽唯聞倒接䍦豈如公今日餘力兼有之願公壽如山安樂長在茲顧我比蕭相何求得相因依謝靈運詩云蒲稗相因依

晚歸香山寺因詠所懷

我年日已老我身日已閑閑出都門望但見水與山關塞碧巉巖伊流清潺湲中有古精舍軒戶無扃關岸草歇可藉逕蘿行可攀朝隨浮雲出夕與飛鳥還吾道本迂拙世途多險艱嘗聞嵇呂輩尤悔生疎頑巢悟入箕穎皓知返商顏豈唯樂肥遁聊復袪憂患吾亦從此去終老伊嵩間

張常侍池涼夜閑讌贈諸公

竹橋新月上水岸涼風至對月五六人管絃三兩事留連池上酌款曲城外意或嘯或謳吟誰知此閑味迴看市朝客矻矻趨名利朝忙少遊宴夕困多眠睡清涼屬吾徒相逢勿辞醉

和皇甫郎中秋曉同登天宮閣言懷六韻

碧天忽已高白日猶未短玲瓏曉樓閣清脆秋絲管張翰一盃酣嵇康終日懶塵中足憂累雲外多疎散病木斧斤遺冥鴻羈絏斷逍遥二三子永願爲閑伴

送吕漳州

今朝一壺酒言送漳州牧半自要閑遊愛花憐草緑花前下鞍馬草上攜絲竹行客飲數盃主人歌一曲端居惜風景屢出勞僮僕獨醉似無名借君作題目

短歌行

世人求富貴多爲身嗜欲盛衰不自由得失常相逐問君少年日苦學將干禄負笈塵土遊抱書雪前宿布衾不周體藜茹纔充腹三十登官途五十被朝服奴温已挾纊馬肥初食粟未敢議歡遊尚爲名撿束耳目聾暗後堂上調絲竹牙齒

鈸落時盤中堆酒肉彼衰老已去餘中心少壯與榮華相
避如寒燠青雲去地遠白日終天速從古無奈何短歌聽一曲

詠懷

高人樂丘園中人慕官職一事尚難成兩途安可得遑遑干世
者多苦時命塞亦有愛閑人又為窮餓逼衰今幸雙遂祿仕
兼遊息未嘗羨榮華不省勞心力妻孥與婢僕亦免愁衣食
所以吾一家面無憂喜色

府西亭納涼歸

避暑府西亭晚歸有閑思夏淺蟬未多綠槐陰滿地帶寬衫
解領馬穩人攏轡面上有涼風眼前無俗事路經府門過落
日照官次牽聯縲紲囚奔走塵埃吏低眉悄不語誰復知茲意
憶得五年前晚衙時氣味

老熱

一飽百情足一酣萬事休何人不衰老我老心無憂仕者拘職
役農者勞田疇何人不苦熱我熱身自由卧風北窗下坐月
南池頭腦凉脱烏帽足熱濯清流慵發晝高枕興來夜泛
舟何乃有餘適秖緣無過求或問諸親友樂天是與不亦無
别言語多道大悠悠悠悠君不知此味深且幽但恐君知後
亦来從我遊

新秋喜凉因寄兵部楊侍郎

外強火未退中鋭金方戰一夕風雨來炎凉隨數變徐徐炎景
度稍稍凉飈扇枕簟忽凄清巾裳亦輕健老夫納秋候心體
殊安便睡足一屈伸搔首摩挲面褰簾對池竹幽寂如僧院
俯觀游魚群仰數浮雲片閑忙各有趣彼此寧相見昨日聞
慕巢召對延英殿

懶放二首呈劉夢得吴方之

青衣報平旦呼我起盥櫛今早天氣寒郎君應不出又無賓客至何以銷閑日已向微陽前暖酒開詩袟

又

朝憐一牀日暮愛一爐火牀暖日高眠爐溫夜深坐雀羅門懶出鶴髮頭慵裹除却劉與吳何人來問我

六十六

病知心力減老覺光陰速五十八歸來今年六十六鬢絲千万白池草八九綠童雉盡成人園林半喬木看山倚高石引水穿深竹雖有潺湲聲至今聽未足

三適贈道友

褐綾袍厚暖臥蓋行坐披紫氈履寬穩蹇步頗相宜足適已忘屨身適已忘衣況我心又適兼忘是與非三適合爲一怡怡復熙熙禪那不動處混沌未鑿時此味不可說爲君強言之

洛陽春贈劉李二賓客　齊梁格

水南冠蓋地城東桃李園雪銷洛陽堰春入永通門淑景方靄靄遊人稍喧喧年豐酒漿賤日晏歌吹繁中有老朝客華髮映朱軒從容三兩人藉草開一樽樽前春可惜身外事勿論明日期何處杏花遊趙村（洛城東有趙村杏花千餘樹）

寒食

人老何所樂樂在歸鄉國我歸故園來九度逢寒食故園在何處池館東城側四鄰梨花時二月伊水色豈獨好風土仍多舊親戚出去恣歡遊歸來聊燕息有官供祿俸無事勞心力但恐優穩多微躬銷不得

和裴令公一日日一年年雜言見贈

一日日作老翁一年年過春風公心不以貴隔我我散唯將閑伴公我無才能忝高秩合是人間閑散物公有功德在生民何因

得作自由身前日魏王潭上宴連夜今日午橋池頭遊拂晨山
客硯前吟待月野人樽前醉送春不敢與公鬬中爭第一亦應
占得第二第三人

白氏文集卷第二十九
白氏文集卷第三十

格詩 凡四十七首

裴侍中晉公出討淮西時過女几山下刻石題詩
末句云待平賊壘報天子莫指仙山示武夫果如所
言剋期平賊由是淮蔡迄今底寧殆二十年人安
生業夫嗟歎不足則詠謌之故居易作詩二百言
繼題公之篇末欲使採詩者修史者後之往來觀
者知公之功德本末前後也

何處畫功業何處題詩篇麒麟高閣上女几小山前尒後多少時四朝二十年賊骨化爲土賊壘犂爲田一從賊壘平陳蔡民晏然騾軍成牛户（蔡寇号騾子軍陳蔡閒農鎡者人畜牛者呼爲牛戶）鬼火變人煙生子已嫁娶種桑亦絲緜皆云公之德欲報無由緣公今在何處守都鎮三川舊宅留永樂新居開集賢公今作何官被衮珥貂蟬戰袍破猶在髀肉生欲圓襟懷轉蕭灑氣力弥精堅登山不拄杖上馬能掉鞭利澤浸入地福降自昇天昔号天下將今稱地上仙勿追赤松遊勿拍洪崖肩商山有遺老可以奉周旋

洛陽有愚叟

洛陽有愚叟白黒無分別浪跡雖似狂謀身亦不拙點檢盤中飯非精亦非糲點檢身上衣無餘亦無闕天時方得所不寒復不熱體氣正調和不飢仍不渴閑將酒壺出醉向人家歌野食或烹鮮寓眠多擁褐抱琴榮啓樂荷锸劉伶達放眼看

青山任頭生白髮不知天地内更得幾年活從此到終身盡爲閑日月

飽食閑坐

紅粒陸渾稻白鱗伊水魴庖童呼我食飯熱魚鮮香筯筯適我口匙匙充我腸八珎與五鼎無復心思量捫腹起盥漱下階振衣裳遶庭行數匝却上簷下牀箕踞擁裘坐半身在日暘可憐飽煖味誰肯来同嘗是歲大和八兵銷時漸康朝庭重經術草澤搜賢良堯舜求理切夔龍啓沃忙懷才抱智者無不走遑遑唯此不才叟頑慵戀洛陽飽食不出門閑坐不下堂子弟多寂寞僮僕少精光衣食雖充給神意不揚揚爲尒謀則短爲吾謀甚長

閑居自題

門前有流水牆上多高樹竹逕遶荷池縈迴百餘步波閑戲

魚鼈風靜下鷗鷺寂無城市喧渺有江湖趣吾廬在其上偃卧朝復暮洛下安一居山中亦慵去時逢過客愛問是誰家住此是白家翁閉門終老處

覽鏡喜老

今朝覽明鏡鬚鬢盡成絲行年六十四安得不衰羸親屬惜我老相顧興歎咨而我獨微笑此意何人知笑罷仍命酒掩鏡捋白鬚爾輩且安坐從容聽我詞生若不足戀老亦何足悲生若苟可戀老即生多時不老即須夭不夭即須衰晚衰勝早天此理決不疑古人亦有言浮生七十稀我今欠六歲多幸或庶幾儻得及此限何羨榮啓期當喜不當歎更傾酒一卮

風雪中作

歲暮風動地夜寒雪連天老夫何處宿暖帳温爐前兩重褐綺衾一領花茸氈粥熟呼不起日高安穩眠是時心與身了無

閑事[illegible]以此度風雪閉居來六年忽思遠遊客復想早朝士
踏凍侵夜行凌寒未明起心爲身君父身爲心臣子不得身自
由皆爲心所使我心既知足我身自安止方寸語形骸吾應不負爾

對琴酒

西窻明且暖晚坐卷書帷琴匣拂開後酒瓶添滿時角樽白
螺盞玉軫黃金徽未及彈與酌相對已依依泠泠秋泉韻貯在
龍鳳池油油春雲心一杯可致之自古有琴酒得此味者稀嵇
康與籍及我三心知

雪中晏起偶詠所懷兼呈張常侍韋庶子皇甫
郎中雜言

窮陰蒼蒼雪雰雰雪深沒脛泥埋輪東家典錢歸礙夜南
家貰米出凌晨我獨何者無此弊複帳重衾暖若春怕寒放
懶不肯動日高睡足方頻伸瓶中有酒爐有炭甕中有飯庖有

薪奴温婢飽身晏起致兹技活良有因上無臯陶伯益廊廟
材的不能匡君輔國活生民下無巢父許由箕潁操又不能食
薇飲水自苦辛君不見南山悠悠多白雲又不見西京浩浩唯
紅塵紅塵鬧熱白雲冷好於冷熱中間安置身三年徼幸忝
洛尹兩任優穩為商賓非賢非愚非智慧不貴不富不賤貧
冉冉老去過六十騰騰閑來經七春不知張韋與皇甫私喚我
作何如人

和裴侍中南園靜興見示

池館清且幽高懷亦安此有時簾動風盡日橋照水靜將鶴
為伴閑與雲相似何必學留侯崎嶇覓松子

春寒

今朝春氣寒自問何所欲蘇煖薤白酒乳和地黃粥豈唯厭
饑口亦可調病腹助酌有枯魚佐餐兼旨蓄省躬念前哲醉飽

多慼丑君不聞靖節先生樽長空廣文先生飯不足

菩提寺上方晚望香山寺寄舒員外

晚登西寶刹晴望東精舍反照轉樓臺輝輝似圖畫冰浮水明滅雪壓松偃亞石閣僧上來雲汀鴈飛下西京鬧於市東洛閑如社曾憶舊遊無香山明月夜

二月一日作贈韋七庶子

園杏紅萼坼庭蘭紫芽出不覺春已深今朝二月一去冬病瘡痏將養遵醫術今春入道場清淨依僧律嘗聞聖賢語所慎齋與疾遂使愛酒人停盃一百日明朝二月二疾平齋復畢應須挈一壺尋花覓韋七

犬鳶

晚來天氣好散步中門前門前何所有偶覩犬與鳶鳶飽凌風飛犬暖向日眠腹舒穩帖地翅凝去高摩天上無羅弋憂下

無羈鑣牽見彼物遂性我亦心適適然心適復何爲一詠逍遥篇此仍著於適尚未能忘言

夢劉二十八因詩問之

昨夜夢夢得初覺思踟躕忽忘來汝郡猶疑在吳都吳都三千里汝郡二百餘非夢亦不見近與遠何殊尚能齊近遠焉用論榮枯但問寢與食近日兩何如病後能吟否春來曾醉無樓臺與風景汝又何如蘇相思一相報勿復慵爲書

閑吟

貧窮汲汲求衣食富貴營營役心力人生不富即貧窮光陰易過閑難得我今幸在窮富間雖在朝庭不入山看雪尋花翫風月洛陽城裏七年閑

西行

衣裘不單薄車馬不羸弱藹藹三月天閑行亦不惡壽安

涑水館硤石青出郭官道柳陰陰行宫花漠漠常聞俗閒語有錢在處樂哉雖非富人亦不苦寂寞家僮解絃管騎從携盃杓時向春風前歇鞍開一酌

東歸

翩翩平肩舁中有醉老夫膝上展詩卷竿頭懸酒壺食宿無定程僕馬多緩驅臨水歇半日望山傾一盂籍草坐嵬峩（上聲）攀花行踟躕風將景共暖體與心同舒始悟有營者居家如在途方知無繫者在道如安居前夕宿三堂（三堂在虢）今旦遊申湖（在陝申湖）殘春三百里送我歸東都

途中作

早起上肩舁一盃平且醉晚憩下肩舁一覺殘春睡身不經營物心不思量事但恐綺與里只如吾氣味

小臺

新樹低如帳小臺平似掌六尺白藤床一莖青竹杖風飄竹皮落苔印鶴跡上幽境與誰同閑人自來往

睡後茶興憶楊同州

昨晚飲太多嵬峩(並上聲)連宵醉今朝飧又飽爛熳移時睡睡足摩挲眼眼前無一事信腳遶池行偶然得幽致婆娑綠陰樹斑駮青苔地此處置繩牀傍邊洗茶器白瓷甌甚潔紅爐炭方熾沫下麴塵香花浮魚眼沸盛來有佳色嚥罷餘芳氣不見楊慕巢誰人知此味

題文集櫃

破柏作書櫃櫃牢柏復堅收貯誰家集題云白樂天我生業文字自幼及老年前後七十卷小大三千篇誠知終散失未忍遽弃捐自開自鏁閉置在書帷前身是鄧伯道世無王仲宣只應分付女留與外孫傳

旱熱二首

彤雲散不雨赫日吁可畏端坐猶揮汗出門豈容易忽思公府內青衫折腰吏復想驛路中紅塵走馬使征夫更辛苦逐客彌顦顇日入尚趨程宵分不遑寐安知北窗叟偃卧風颯至簟拂碧龍鱗扇搖白鷺翅豈唯身所得兼示心無事誰言苦熱天元有清涼地

又

勃勃旱塵氣炎炎赤日光飛禽颭將墮行人渴欲狂壯者不耐飢飢火燒其腸肥者不禁熱喘急汗如漿此時方自悟老瘦亦何妨肉輕足健逸髮少頭清涼薄食不飢渴端居省衣裳數匙粱飯冷一領綃衫香持此聊過日焉知畏景長

偶作二首

戰馬春放歸農牛冬歇息何獨徇名人終身役心力來者殊

未已去者不知還我今悟已晚六十方退閑猶勝不悟者
老死紅塵間
名無高與卑未得多健羨事無小與大已得多厭賤如此
常自苦反此或自安此理知甚易此道行甚難勿信人虛
語君當事上看

池上作 西溪南潭皆池中勝處也

西溪風生竹森森南潭萍開水沉沉叢翠萬竿湘岸色
空碧一泊松江心浦派縈迴誤遠近橋島向背迷窺臨澄瀾
方丈若萬頃倒影咫尺如千尋泛然獨遊邈然坐坐念行心
思古今菟裘不聞有泉沼西河亦恐無雲林豈如白翁退
老地樹高竹密池塘深華亭雙鶴白矯矯太湖四石青岑
岑眼前盡日更無客膝上此時唯有琴洛陽冠蓋自相索
誰肯來此同抽簪

何處堪避暑

何處堪避暑林間背日樓何處好追涼池上隨風舟日高飢始食食竟飽還遊遊罷睡一覺覺來茶一甌眼明見青山耳醒聞碧流脫襪閑濯足解巾快搔頭如此來幾時已過六七秋從心至百骸無一不自由拙退是其分榮耀非所求雖被世間笑終無身外憂此語君莫怪靜思吾亦愁如何三伏月楊尹謫虔州

詔下

昨日詔下去罪人今日詔下得賢臣進退者誰非我事世間寵辱常紛紛我心與世兩相忘時事雖聞如不聞但喜今年飽飯喫洛陽禾稼如秋雲更傾一樽歌一曲不獨忘世兼忘身

七月一日作

七月一日天秋生履道里閑居見清景高興從此始林間暑

雨歇池上涼風起橋竹碧鮮鮮岸莎青靡靡蒼然古磬石清淺平流水何言中門前便是深山裏雙僮侍坐卧一杖扶行止飢聞麻粥香渴覺雲湯美胡麻粥雲母湯平生所好物今日多在此此外更何思市朝心已矣

開襟

開襟何處好竹下池邊地餘熱體猶煩早涼風有味黃萎槐葉結紅破蓮芳墜無奈每年秋先來入衰思

自賓客遷太子少傅分司

頭上漸無髮耳間新有毫形容逐日老官秩隨年高優饒又加俸閑穩仍分曹飲食免藜藿居處非蓬蒿何言家尚貧銀榼提綠醪勿謂身未貴金章照紫袍誠合知止足豈宜更貪饕默然心自問於國有何勞

自在

杲杲冬日光明暖真可愛移榻向陽坐擁裘仍解帶小奴搥我足小婢搥我背自問我爲誰胡然獨安泰安泰良有以與君論梗槩心了事未了飢寒迫於外事了心未了念慮煎於内我今實多幸事與心和會内外及中間了然無一礙所以日陽中向君言自在

詠史 九年十一月作

秦磨利刀斬李斯齊燒沸鼎烹酈其可憐黄綺入商洛閑卧白雲歌紫芝彼爲菹醢机上盡此作鸞凰天外飛去者逍遥來者死乃知禍福非天爲

因夢有悟

交友淪殁盡悠悠勞夢思平生所厚者昨夜夢見之夢中幾許事枕上無多時款曲數盃酒從容一局碁 碁酒皆夢中所見事 初見韋尚書貫之金紫何輝輝中作李侍郎建笑言甚怡怡終爲崔常侍

玄亮意色苦依依一夕三改變夢心不驚疑此事人盡怪此理
誰得知我粗知此理聞於竺乾師識行妄分別智隱迷是非
若轉識爲智菩提其庶幾

春遊

上馬臨出門出門復逡巡迴頭問妻子應怪春遊頻誠知春
遊頻其柰老大身朱顏去復去白髮新更新請君屈十指爲
我數交親大限言百歲幾人及七旬我今六十五走若下坡
輪假使得七十秪有五度春逢春不遊樂但恐是癡人

題天竺南院贈閑元旻清四上人

雜芳澗草合繁緑巖樹新山深景候晚四月有餘春竹寺過
微雨石逕無纖塵白衣一居士方袍四道人地是佛國土人
非俗交親城中山下別相送亦殷勤

哭師皐

南康丹旐引魂迴洛陽籃舁送葬去北邙原邊尹村畔月苦烟愁夜過半妻孥兄弟號一聲十二人腸一時斷往者何人送者誰樂天哭別師皐時平生分義向人盡今日哀寃唯我知我知何益徒垂涙籃轝迴竿馬迴轡何日重聞掃市歌誰家收得琵琶妓師皐醉後善歌掃市詞又有小妓攻琵琶不知今落何處蕭蕭風樹白楊影蒼蒼露草青蒿氣更就墳邊哭一聲與君此別終天地

隱几贈客

宦情本淡薄年皃又老醜紫綬與金章於予亦何有有時猶隱几荅音塔然無所偶卧枕一卷書起甞一盃酒書將引昏睡酒用扶衰朽客到忽已酣脫巾坐搔首踈頑倚老病容恕慙交友忽思莊生言亦擬鞭其後

夏日作

葛衣踈且單紗帽輕復寛一衣與一帽可以過炎天止於便吾

體何必被羅紈宿雨林笋嫩晨露園葵鮮烹葵炮嫩笋可以
備朝湌止於適吾口何必飫腥羶飯訖盥漱已捫腹方果音顆
然婆娑庭前步安穩窗下眠外養物不費內歸心不煩不費
用難盡不煩神易安庶幾無夭閼得以終天年

晚涼偶詠

日下西牆西風來北窗北中有逐涼人單牀獨棲息飄蕭過
雲雨搖曳歸飛翼新葉多好陰初筠有佳色幽深小池館優
穩閑官職不愛勿復論愛亦不易得

酬牛相公宮城早秋寓言見示兼呈夢得時夢得有疾

七月中氣後金與火交爭一聞白雪唱暑退淸風生碧樹未
搖落寒蟬始悲鳴夜涼枕簟滑秋燥衣巾輕踈受老慵出劉
楨疾未平何人伴公醉新月上宮城

小臺晚坐憶夢得

汲泉灑小臺臺上無纖埃解帶面西坐輕襟隨風開晚涼閑
與動憶同傾一盃月明候柴戶藜杖何時來

種桃歌

食桃種其核一年核生芽二年長枝葉三年桃有花憶昨
五六歲灼灼盛芬華迨茲八九載有減而無加去春已稀少今
春漸無多明年後年後芳意當如何命酒樹下飲停盃拾
餘葩因桃忽自感悲吒成狂歌

狂言示諸姪

世欺不識字我忝攻文章世欺不得官我忝居班秩人老多
病苦我今幸無疾人老多憂累我今婚嫁畢心安不移轉身
泰無牽率所以十年來形神閑且逸況當垂老歲所要無多
物一裘煖過冬一飯飽終日勿言舍宅小不過寢一室何用鞍
馬多不能騎兩匹如我優幸身人中十有七如我知足心人

中百無一傍覰愚亦見當已賢多失不敢論他人狂言示諸
姪
偶以拙詩數首寄呈裴少尹侍郎蒙以盛製四篇
一時訓和重投長句美而謝之
投君之文甚荒蕪數篇價直一束芻報我之章何璀璨纍
纍四貫驪龍珠毛詩三百篇後得文選六十卷中無一麋麗龜
絶報賽五鹿連挂難支梧高興獨因秋日盡淸吟多與好風俱
銀鈎金錯兩殊重宜上屛風張座隅

白氏文集卷第三十

白氏文集卷第三十一

律詩凡一百首

六年冬暮贈崔常侍晦叔時爲河南尹

鬢毛霜一色光景水争流易過唯冬日難銷是老愁香開緑蟻酒煖擁褐綾裘已共崔君約樽前倒即休

戲招諸客

黄醅緑醑迎冬熟絳帳紅爐逐夜開誰道洛中多逸客不將書喚不曾來

十二月二十三日作兼呈晦叔

案頭曆日雖未盡向後唯殘六七行牀下酒瓶雖不滿猶應醉得兩三塲病身不許依年老拙宦虛教逐日忙聞健偷閑且歡飲一盃之外莫思量

七年元日對酒五首

慶弔經過懶逢迎拜跪遲不因時節日豈覺此時衰

二

衆老憂添歲余衰喜入春年開第七秩屈指幾多人

三

三盃藍尾酒一楪膠牙餳除却崔常侍無人共我争

四

今朝吳與洛相憶一忻然夢得君知否俱過本命年（余與蘇州劉郎中同壬子歲今年六十二）

五

同歲崔何在同年杜又無（余與吏部崔相公甲子同歲與循州杜相公及第同年秋冬二人俱逝）應無藏避處只有且歡娛

七年春題府廳

潦倒守三川因循涉四年推誠廢鈎距示耻用蒲鞭以此稱公

事將何銷俸錢雖非好官職歲久亦妨賢

早春醉吟寄太原令狐相公蘇州劉郎中

雪夜閑遊多秉燭花時暫出亦提壺別來少遇新詩敵老去難逢舊飲徒大振威名降北虜勤行惠化活東呉不知歌酒騰騰興得似河南醉尹無

洛下送牛相公出鎮淮南

北闕至東京風光十六程坐移丞相閣春入廣陵城紅旆擁雙節白鬚無一莖萬人開路看百吏立班迎閫外君彌重樽前我亦榮何須身自得將相是門生（元和初牛相公應制策登第三等予爲翰林考覈官）

箏

雲髻飄蕭綠花顏旖旎紅雙眸剪秋水十指剝春葱楚艷爲門閥秦聲是女工甲鳴銀玓瓅柱觸玉玲瓏猨苦啼嫌月鶯嬌語䛏風移愁來手底送恨入絃中趙瑟清相似胡琴鬧不

同慢彈迴斷鴈急奏轉飛蓬霜珮鏘還委水泉咽復通珠聯千拍碎刀截一聲終倚麗精神定矜能意態融歇時情不斷休去思無窮燈下青春夜樽前白首翁且聽應得在老耳未多聾

洛中春遊呈諸親友

莫嘆年將暮須憐歲又新府中三遇臘洛下五逢春春樹花珠顆春塘水麴塵春娃無氣力春馬有精神（詠春遊一時之態）並轡鞭徐動連盤酒慢巡經過舊鄰里追逐好交親笑語銷閑日酣歌送老身一生歡樂事亦不少於人

酬舒三員外見贈長句

自請假來多少日五旬光景似須臾已判到老爲狂客不分當春作病夫楊柳花飄新白雪櫻桃子綴小紅珠頭風不敢多多飲能酌三分相勸無

將歸一絶

欲去公門返野扉預思泉竹已依依更憐家醞迎春熟一瓮醍醐待我歸

罷府歸舊居自此後重授賓客歸履道宅作

陋巷乘藍入朱門挂印廻腰間拋組綬纓上拂塵埃屈曲開池沼無非手自開青蒼好竹樹亦是眼看栽石片擡琴匣松枝閣酒盃此生終老處昨日却歸來

睡覺偶吟

官初罷後歸來夜天欲明前睡覺時起坐思量更無事身心安樂復誰知

問支琴石

疑因星隕空中落嘆被泥埋澗底沉天上定應勝地上支機未必及支琴提携拂拭知恩否雖不能言合有心

身慵難勉強性拙易遲廻布被辰時起柴門午後開忙驅能
者去閑逐鈍人來自喜誰能會無才勝有才

自喜

裴常侍以題薔薇架十八韻見示因廣爲三十韻
以和之

託質依高架攢華對小堂晚開春去後獨秀院中央霽景朱
明早芳時白晝長穠因天與色麗共日爭光剪碧排千萼研
朱染萬房烟條塗石綠粉蘂撲雄黃根動彤雲湧枝搖赤羽
翔九微燈炫轉七寶帳熒煌淑氣薰行徑清陰接步廊照梁
迷藻棁耀壁變雕牆爛若蕤燃火殷於葉得霜臙脂含笑臉
蘇合裛衣香浹洽濡晨露玲瓏漏夕陽合羅排勘纈醉暈淺
深粧乍見疑廻面遥看誤斷腸風朝舞飛鷰雨夜泣蕭娘桃
李慙無語芝蘭讓不芳山榴何細碎石竹苦尋常蕙慘偎欄

避蓮羞映浦藏怯敎蕉葉戰妬得栟花徃豈可輕嘲詠應須
痛比方畫幈風自展繡織蓋誰張翠錦挑成字丹砂印著行
徥徥凝血點瑟瑟蹙金匡散亂萎紅片尖纖嫩紫芒觸僧飄
毳褐留妓冐羅裳寡和陽春曲多情騎省郎縁誇美顏色引
出好文章東顧辭仁里語曰里仁爲美又裴君所居名仁和里西歸入帝鄉假如君愛
殺留著莫移將裴君題詩之次而常侍詔到唱和未竟而軒騎西歸故云

感舊詩卷

夜深吟罷一長吁老淚燈前濕白鬚二十年前舊詩卷十
人酬和九人無

酬李二十侍郎

筆老蘭長花漸稀衰翁相對惜芳菲殘鶯著雨慵休囀落
絮無風凝不飛行掇木芽供野食坐牽蘿蔓掛朝衣十年
分手今同醉醉未如泥莫道歸

和夢得夢得來詩云謾讀圖書四十車年年爲郡老天涯一生不得文章力百口空爲飽煖家

綸閣沉沉無寵命蘇臺籍籍有能聲豈惟不得清文力但恐空傳冗吏名郎署廻翔何水部江湖留滯謝宣城所嗟非獨君如此自古才難共命爭

贈草堂宗密上人

吾師道與佛相應念念無爲法法能口藏傳宣十二部心臺照耀百千燈盡離文字非中道長住虛空是小乘少有人知菩薩行世間只是重高僧

喜照密閑實四上人見過

紫袍朝士白鬚翁與俗乖踈與道通官秩三廻分洛下交遊一半在僧中臭帑世界終須出香火因緣久願同齋後將何充供養西軒泉石北窗風

贈皇甫六張十五李二十三賓客

昨日三州新罷守今年四皓盡分司幸陪散秩閑居日好是登山臨水時家未苦貧常醞酒身雖衰病尚吟詩龍門泉石香山月早晚同遊報一期

微之敦詩晦叔相次長逝巋然自傷因成二絶

并失鵷鸞侶空留麋鹿身只應嵩洛下長作獨遊人

二

長夜君先去殘年我幾何秋風滿衫淚泉下故人多

池上閑詠

青莎臺上起書樓綠藻潭中繫釣舟日晚愛行深竹裏月明多在小橋頭暫嘗新酒還成醉亦出中門便當遊一部清商聊送老白鬚蕭颯管絃秋

涼風歎

昨夜涼風又颯然螢飄葉墜臥床前逢秋莫歎須知分已過

潘安三十年

和高僕射罷節度讓尚書授少保分司喜遂游山水之作

蹔辭八座罷雙旌便作登山臨水行能以忠貞酬重任不將富貴礙高情朱門出去簪纓從絳帳歸來歌吹迎鞍轡鬧裝光滿馬何人信道是書生

送考功崔郎中赴闕

稱意新官又少年秋涼身健好朝天青雲上了無多路却要徐驅穩著鞭

重修香山寺畢題二十二韻以紀之

闕塞龍門口祇園鷲嶺頭曾隨滅隌劫壞今遇勝緣修再瑩新金剎重裝舊石樓病僧皆引起忭客亦淹留四望窮沙界孤標出贍洲地圖鋪洛邑天柱倚崧丘兩面蒼蒼岸中心瑟

琵流波翻八灘雪堰護一潭油臺殿朝彌麗房廊夜更幽千花高下塔一葉往來舟岫合雲初吐林開霧半收靜聞樵子語遠聽棹郎謳官散殊無事身閑甚自由吟來攜筆硯宿去抱衾裯霽月當軒白涼風滿簟秋烟香封藥竈泉冷洗茶甌南祖心應學西方社可投先宜知止足次要悟浮休覺路隨方樂迷塗到老愁須除愛名障莫作戀家囚便合窮年住何言竟日遊可憐終老地此是我菟裘

送楊八給事赴常州

無嗟別青瑣且喜擁朱輪五十得三品百千無一人須勤念黎庶莫苦憶交親此外無過醉毗陵何限春

聞歌者唱微之詩

新詩絕筆聲名歇舊卷生塵篋笥深時向歌中聞一句未容傾耳已傷心

醉送李二十常侍赴鎮浙東

靖安客舍花枝下共脫青衫典濁醪今日洛橋還醉別金盃翻汙麒麟袍喧闐夙駕君脂轄酩酊離筵我藉糟好去商山紫芝伴珊瑚鞭動馬頭高

醉別程秀才

五度龍門點額迴却緣多藝復多才貧泥客路粘難出愁鎖鄉心掣不開何必更遊京國去不如且入醉鄉來吳絃楚調瀟湘弄爲我慇懃送一盃（程生善琴尤能沉湘曲）

自詠

白衣居士紫芝仙半醉行歌半坐禪今日維摩兼飲酒當時綺季不請（平聲）錢等閑池上留賓客隨事燈前有管絃但問此身銷得否分司氣味不論年

把酒思閑事二首

把酒思閑事春愁誰㝡深乞錢覊客面落第舉人心月下低眉立燈前抱膝吟憑君勸一醉勝與萬黃金

二

把酒思閑事春嬌何處多試鞍新白馬弄鏡小青娥掌上初教舞花前欲按歌憑君勸一醉勸了問如何

衰荷

白露凋花花不殘涼風吹葉葉初乾無人解愛蕭條境更遶衰叢一匝看

池上送考功崔郎中兼別房竇二妓

文昌列宿徵還日洛浦行雲放散時鴛鷺上天花逐水無因再會白家池

自問

依仁臺廢悲風晚履信池荒宿草春晦叔亭臺在依仁微之池館在履信自問老

身騎馬出洛陽城裏覓何人

送陳許高僕射赴鎮

敦詩閱禮中軍帥重士輕財大丈夫常與師徒同苦樂不教親故隔榮枯花鈿坐遶黃金印絲管行隨白玉壺商皓老狂唯愛醉時時能寄酒錢無

青氈帳二十韻

合聚千年毳施張百子卷(司馬遷書云張空卷)骨盤邊柳健色染塞藍鮮北製因戎㓨南移逐虜遷汰(音闥)風吹不動禦雨濕彌堅有頂中央聳無隅四嚮圓旁通門豁爾內密氣溫然遠別關山外初安庭戶前影孤明月夜價重苦寒年軟煖圍氈毯鎗摐束管絃寢宜霜後地偏稱雪中天側置低歌座平鋪小舞筵閑多揭簾入醉便擁袍眠鐵蘂(去聲)移燈背銀囊帶火懸深藏曉(蘭)焰暗貯宿香烟戢炭休親近狐裘可弃捐硯溫融凍墨缾煖變春泉蕙

帳徒招隱茅菴浪坐禪貧僧應嘆羨寒士定留連賓客於中接兒孫向後傳王家誇舊物未及此青氈（王子敬語偷兒云青氈我家舊物）

荅夢得秋日書懷見寄

幸免非常病甘當本分衰眼昏燈最覺要瘦帶先知樹葉霜紅日髭鬚雪白時悲愁緣欲老老過却無悲

同諸客題于家公主舊宅

平陽舊宅少人遊應是遊人到即愁春穀鳥啼桃李院絡絲蟲怨鳳凰樓臺傾滑石猶殘砌簾斷眞珠不滿鉤聞道至今蕭史在髭鬚雪白向明州

荅夢得八月十五日夜翫月見寄

南國碧雲客東京白首翁松江初有月伊水正無風遠思兩鄉斷清光千里同不知娃館上何似石樓中（其夜余在龍門石樓上望月）

初冬早起寄夢得

起戴烏紗帽行披白布裘爐温先煖酒手冷未梳頭早景烟
霜白初寒鳥雀愁詩成遣誰和還是寄蘇州

秋夜聽高調涼州

樓上金風聲漸緊月中銀字韻初調促張絃柱吹高管一曲
涼州入沉寥

香山寺二絶

空門寂靜老夫閑伴鳥隨雲往復還家醖滿缾書滿架半移
生計入香山

二

愛風巖上攀松蓋戀月潭邊坐石稜且共雲泉結緣境他生
當作此山僧

送舒著作重授省郎赴闕

三歲相依在洛都遊花宴月飽歡娛惜別笙歌多怨咽願留

軒蓋少踟躕劒磨光彩依前出鵬舉風雲逐後驅從此求閑應不得更能重醉白家無

同諸客嘲雪中馬上妓

珊瑚鞭嚲馬踟躕引手低蛾索一盃脣爲逆風成弱柳面因衝冷作凝蘇銀篦穩篸去呼烏羅帽花襜宜乘叱撥駒雪裏君看何所似王昭君妹寫眞圖

喜劉蘇州恩賜金紫遥想賀宴以詩慶之

海内姑蘇太守賢恩加章綬豈徒然賀賓喜色欺盃酒醉妓歡聲遏管絃魚佩葺鱗光照地鶻銜瑞帶勢冲天莫嫌鬢貫上些些白金紫由來稱長年

藍田劉明府攜酎相過與皇甫郎中卯時同飲醉後贈之

臘月九日煖寒客卯時十分空腹盃玄晏舞狂烏帽落藍田醉

倒玉山頹皃偷花色老[illegible]是去歌蹋柳枝春暗來不爲劉家賢聖物愁翁笑口大難開

劉蘇州以華亭一鶴遠寄以詩謝之

老鶴風姿異衰翁詩思深素毛如我鬢丹頂似君心松際雪相映雞羣塵不侵慇懃遠來意一隻重千金

早春憶蘇州寄夢得

吴苑四時風景好就中偏好是春天霞光曙後殷於火水色晴來嫩似煙士女笙歌宜月下使君金紫稱花前誠知歡樂堪留戀其柰離鄉已四年

嘗新酒憶晦叔二首

樽裏看無色盃中動有光自君抛我去此物共誰嘗

二

世上強欺弱人間醉勝醒自君抛我去此語更誰聽

負春

病來道士教調氣老去山僧勸坐禪辜負春風楊柳曲去年斷酒到今年

池上閑吟二首

高臥閑行自在身池邊六見柳條新幸逢堯舜無爲日得作羲皇向上人四皓再除猶且健三川罷守未全貧莫愁客到無供給家醞香濃野菜春

非莊非宅非蘭若竹樹池亭十畝餘非道非僧非俗吏褐裘烏帽閉門居夢遊信意寧殊蝶心樂身閑便是魚雖未定知生與死其間勝負兩何如

早春招張賓客

久雨初晴天氣新風煙草樹盡欣欣雖當冷落衰殘日還有陽和暖活身池色溶溶藍染水花光焰焰火燒春商山老伴

相收拾不用隨他年少人

營閑事

自笑營閑事，從朝到日斜。澆畦引泉脉，掃徑避蘭芽。暖變牆衣色，晴催木筆花。桃根知酒渴，晚送一甌茶。

感春

老思不禁春，風光照眼新。花房紅鳥觜，池浪碧魚鱗。倚棹誰爲伴，持盃自問身。心情多少在，六十二三人。

春池上戲贈李郎中

滿池春水何人愛，唯我迴看指似君。直似挼藍新汁色，與君南宅染羅裙。

翫半開花贈皇甫郎中 八年寒食日池東小樓上作

勿訝春來晚，無嫌花發遲。人憐全盛日，我愛半開時。紫蠟黏爲蔕，紅蘇點作蕤。成都新夾纈，梁漢碎燕脂。樹杪真珠顆，牆

頭小女兒淺深粧駮落高下火參差蝶戲爭香朶鸎啼選穩
枝好教郎作伴合共酒相隨醉翫無勝此狂嘲更讓誰猶殘少
年興未似老人詩西日憑輕照東風莫殺去声吹明朝應爛熳後
夜更離披林下遥相憶樽前暗有期銜盃嚼蘂思唯我與君知

池邊

柳老香絲宛荷新鈿扇圓殘春深樹裏斜日小樓前醉遣收
盃杓閑聽理管絃池邊更無事看補採蓮舡

家釀新熟每嘗輙醉妻姪等勸令少飲因成長句
以諭之

君應怪我朝朝飲不說向君君不知身上幸無疼痛處甕
頭正是撇嘗時劉妻勸諫夫休醉王姪分疎叔不癡六十三
翁頭雪白假如醒黠欲何為

送常秀才下第東歸

東歸多旅恨西笑少知音寒食看花眼春風落第心自豪當
二月一醉直千金到處公卿席無辭酒盞深

且遊

手裏一盃滿心中百事休春應唯仰醉老更不禁愁弄水
迴船尾尋花信馬頭眼看筋力減遊得且須遊

題王家莊臨水柳亭

弱柳縁堤種虛亭壓水開條疑逐風去波欲上階來翠羽偷
魚入紅蕖學舞迴春愁正無緒爭不盡殘盃

題令狐家木蘭花

膩如玉指塗朱粉光似金刀剪紫霞從此時時春夢裏應添
一樹女郎花

拜表迴閑遊

玉珮金章紫花綬紵衫藤帶白綸巾晨興拜表稱朝士晚出

遊山作野人達磨傳心令息念玄元留語遣同塵八関淨戒
齋銷日一曲狂歌醉送春酒肆法堂方丈室其間豈是兩般身

西街渠中種蓮疊石頗有幽致偶題小樓

朱欄低檻上清流小閣前僱人栽菡萏買石造潺湲影落江
心月聲移谷口泉閑看卷簾坐醉聽掩窻眠路笑陶官水家
愁費料錢是非君莫問一對一翛然

晚春閑居楊工部寄詩楊常州寄茶同到因以
長句荅之

宿酲寂寞眠初起春意闌珊日又斜勸我加飡因早筍恨人
休醉是殘花閑吟工部新來句渴飲毗陵遠到茶兄弟東西
官職冷門前車馬向誰家

玉泉寺南三里澗下多深紅躑躅繁艷殊常感
惜題詩以示遊者

玉泉南澗花奇怪不似花叢似火堆今日多情唯我到每年無故為誰開寧辭辛苦行三里更與留連飲兩盃猶有一般辜負事不將歌舞管絃來

早服雲母散

曉服雲英漱井華寥然身若在烟霞藥銷日晏三匙飯酒渴春深一椀茶每夜坐禪觀水月有時行醉玩風花淨名事理人難解身不出家心出家

三月晦日晚聞鳥聲

晚來林鳥語殷勤似惜風光說向人遣脫破袍勞報暖催沽美酒敎貪聲聲勸醉應須醉一歲唯殘半日春

早夏遊平原迴

夏早日初長南風草木香肩舉頗平穩澗路甚清涼紫蕨行看採青梅旋摘嘗療飢兼解渴一盞冷雲漿

宿天竺寺迴

野寺經三宿都城復一還家仍念婚嫁身尚繫官班蕭洒秋
臨水沉吟晚下山長閑猶未得逐日且偷閑

侍中晉公欲到東洛先蒙書問期宿龍門思往感
今輒獻長句

昔蒙興化池頭送（大和三年春居易授賓客分司東來特蒙侍中於興化里池上宴送）今許龍門潭上期
聚散但慙長見念榮枯安敢道相思功成名遂來雖久雲卧山
遊去未遲聞說風情筋力在只如初破蔡州時

奉和晉公侍中蒙除留守行及洛師感悅發中斐
然成詠

鸞鳳翱翔在寥廓貂蟬蕭洒出埃塵致成堯舜升平代收
得夔龍強健身抛擲功名還史冊分張歡樂與交親商山老
皓雖休去終是留侯門下人

送劉吾司馬赴任硤州兼寄崔使君

位下才高多怨天劉兄道勝獨恬然貧於揚子兩三倍老過榮公六七年筆硯莫抛留壓案簞瓢從陋也銷錢郡丞自合當優禮何况夷陵太守賢

菩提寺上方晚眺

樓閣高低樹淺深山光水色暝沉沉嵩煙半卷青綃幕伊浪平鋪緑綺衾飛鳥滅時宜極目遠風来處好開襟誰知不離簪纓内長得逍遥自在心

楊柳枝詞八首

六幺水調家家唱白雪梅花處處吹古歌舊曲君休聽聽取新翻楊柳枝

陶令門前四五樹亞夫營裏百千條何似東都正二月黄金枝映洛陽橋

依依嫋嫋復青青勾引淸風無限情白雪花繁空撲地綠絲
條弱不勝鸎
紅板江橋淸酒旗館娃宮暖日斜時可憐雨歇東風定萬樹
千條各自垂
蘇州楊柳任君誇更有錢塘勝館娃若解多情尋小小綠楊
深處是蘇家
蘇家小女舊知名楊柳風前別有情剥條盤作銀環樣卷葉
吹爲玉笛聲
葉含濃露如啼眼枝嫋輕風似舞腰小樹不禁攀折苦乞君
留取兩三條
人言柳葉似愁眉更有愁腸似柳絲柳絲挽斷腸牽斷彼此
應無續得期

浪淘沙詞六首

一泊沙來一泊去一重浪滅一重生相攪相淘無歇日會教山海一時平

白浪茫茫與海連平沙浩浩四無邊暮去朝來淘不住遂令東海變桑田

青草湖中萬里程黃梅雨裏一人行愁見灘頭夜泊處風翻暗浪打船聲

借問江湖與海水何似君情與妾心相恨不如潮有信相思始覺海非深

海底飛塵終有日山頭化石豈無時誰道小郎拋小婦船頭一去没迴期

隨波逐浪到天涯遷客生還有幾家却到帝鄉重富貴請君莫忘浪淘沙

白氏文集卷第三十一

白氏文集卷第三十二

律詩 凡八十二首

讀老子

言者不知知者默此語吾聞於老君若道老君是知者緣何自著五千文

讀莊子

莊生齊物同歸一我道同中有不同遂性逍遥雖一致鸞凰終校勝蛇虫

讀禪經

須知諸相皆非相若住無餘却有餘言下忘言一時了夢中說夢兩重虛空花豈得兼求果楊焰如何更覓魚攝動是禪禪是動不禪不動即如如

感興二首

吉凶禍福有來由但要深知不要憂只見火光燒潤屋不聞風浪覆虛舟名爲公器無多取利是身災合少求雖異匏瓜難不食大都食足早宜休

魚能深入寧憂釣鳥解高飛豈觸羅熱處先爭炙手去悔時其奈噬臍何樽前誘得猩猩血幕上偷安鷰鷰窠我有一言君記取世間自取苦人多

問鶴

烏鳶爭食雀爭窠獨立池邊風雪多盡日踏冰翹一足不鳴不動意如何

代鶴荅

鷹爪攫雞雞肋折鶻拳蹩鴈鴈頭垂何如斂翅水邊立飛上雲松棲穩枝

閑卧有所思二首

向夕褰簾卧枕琴微涼入戸起開襟偶因明月清風夜忽想
遷臣逐客心何處投荒初恐懼誰人遶澤正悲吟始知洛下
分司坐一日安閑直萬金

權門要路足身灾散地閑居少禍胎今日憐君嶺南去當時
笑我洛中來虫全性命緣無毒木盡天年為不材大底吉凶
多自致李斯一去二踈迴

喜閑

蕭灑伊嵩下優遊黄綺閒未曾一日悶已得六年閑魚鳥為
徒侶煙霞是往還伴僧禪閉目迎客笑開顔興發宵遊寺慵
時晝掩關夜來風月好悔不宿香山

詩酒琴人例多薄命予酷好三事雅當此科而
所得已多為幸斯甚偶成狂詠聊寫愧懷

愛琴愛酒愛詩客多賤多窮多苦辛中散步兵終不貴孟郊

張籍過於貧一之已嘆關於命三者何堪併在身只合飄零隨草木誰教凌勵出風塵榮名厚祿二千石樂飲閑遊三十春何得無厭時咄咄猶言薄命不如人

寄明州于駙馬使君三絶句

有花有酒有笙歌其奈難逢親故何近海饒風春足雨白鬚太守悶時多

平陽音樂隨都尉留滯三年在浙東吳越聲邪無法用莫教偷入管絃中

何郎小妓歌喉好嚴老呼爲一串珠（嚴尚書與于駙馬詩云莫損歌喉一串珠）海味腥鹹損聲氣聽看猶得斷腸無

閑卧

薄食當（去）齋戒散班同隱淪佛容爲弟子天許作閑人唯置牀臨水都無物近身清風散髮卧兼不要紗巾

春早秋初因時即事兼寄浙東李侍郎

春早秋初晝夜長可憐天氣好年光和風細動簾帷暖清露微凝枕簟凉窓下曉眠初減被池邊晚坐乍移牀閑從蕙草侵堦緑静任槐花滿地黄理曲管絃聞後院熨衣燈火映深房四時新境何人别遥憶多情李侍郎

新秋喜凉

過得炎蒸月尤冝老病身衣裳朝不潤枕簟夜相親樓月纖纖早波風嫋嫋新光陰與時節先感是詩人

初夏閑吟兼呈韋賔客

孟夏淸和月東都閑散官體中無病痛眼下未飢寒世事聞常悶交遊見即歡盃觴留客切妓樂取人寛雪鬢隨身老雲心著處安此中殊有味試説向君看

哭崔二十四常侍崔好酒放歌忘懷生死知疾不起自爲誌文

貂冠初別九重門馬鬣新封四尺墳薤露歌詞非白雪旌銘官爵是浮雲伯倫毎置隨身鍤元亮先爲自祭文莫道高風無繼者一千年内有崔君

奉酬侍中夏中雨後遊城南庄見示八韻

島樹間林巒雲收雨氣殘四山嵐色重五月水聲寒老鶴兩三隻新篁千萬竿化成天竺寺移得子陵灘心覺閑彌貴身緣健更歡帝將風后待人作謝公看角（音鹿）里年雖老高陽興未闌佳辰不見召爭免趂盃盤（來詩云何處趂盃盤）

送兗州崔大夫駙馬赴鎮

戚里誇爲賢駙馬儒家認作好詩人魯侯不得辜風景沂水年年有暮春

少年問

少年怜我問如何何事朝朝醉復歌號作樂天應不錯憂愁

時少樂時多

問少年

千首詩堆青玉案十分酒寫白金盂迴頭却問諸年少作个狂夫得了無

代琵琶弟子謝女師曹供奉寄新調弄譜

琵琶師在九重城忽得書來喜且驚一紙展看非舊譜四絃翻出是新聲甤賓掩抑嬌多怨散水玲瓏峭更淸珠顆淚霑金捍撥紅粧弟子不勝情（甤賓散水皆新調名）

代林園戲贈（裴侍中新修集賢宅成池館甚盛數往遊宴醉歸自戲耳）

南院今秋遊宴少西坊近日往來頻假如宰相池亭好作客何如作主人

戲荅林園

豈獨西坊來往頻偷閑處處作遊人衡門雖是棲遲地不可

終朝鑠老身

重戲贈

集賢池館從他盛履道林亭勿自輕往往歸來嫌窄小年年爲主莫無情

重戲荅

小水低亭自可親大池高館不關身林園莫妬裴家好憎故憐新豈是人

早秋登天宮寺閣贈諸客

天宮閣上醉蕭辰絲管閑聽酒慢巡爲向涼風淸景道今朝屬我兩三人

曉上天津橋閑望偶逢盧郎中張員外携酒同傾

上陽宮裏曉鍾後天津橋頭殘月前空濶境疑非下界飄颻身似在寥天星河隱映初生日樓閣葱蘢半出煙此處相逢

傾一盞始知地上有神仙

八月十五日夜同諸客翫月

月好共傳唯此夜境閑皆道是東都嵩山表裏千重雪洛水高低兩顆珠清景難逢宜愛惜白頭相勸強歡娛誠知亦有來年會保得晴明強健無

對晚開夜合花贈皇甫郎中

移晚校一月花遲過半年紅開抄秋日翠合欲昏天白露滴不死涼風吹更鮮後時誰肯顧唯我與君憐

醉遊平泉

狂歌箕踞酒樽前眼不看人面向天洛客最閑唯有我一年四度到平泉

題贈平泉韋徵君拾遺

箕潁千年後唯君得古風位留丹陛上身入白雲中躁靜心

相背高低跡不同籠雞與梁鷰不信有冥鴻

酬皇甫郎中對新菊花見憶

愛菊高人吟逸韻悲秋病客感衰懷黄花助興方携酒紅葉添愁正滿階居士葷腥今已斷仙郎盃杓爲誰排愧君相憶東籬下擬廢重陽一日齋

夜宴醉後留獻裴侍中

九燭臺前十二姝主人留醉任歡娛翩翻舞袖雙飛蝶宛轉歌聲一索珠坐久欲醒還酩酊夜深初散又踟蹰南山賓客東山妓此會人間曾有無

和韋庶子遠坊赴宴未夜先歸之作兼呈裴貟外（貟外亦愛先逃歸）

促席留歡日未曛遠坊歸思已紛紛無妨按轡行乘月何必逃盃走似雲銀燭忍抛楊柳曲金鞍潛送石榴裙到時常晚

歸時早笑樂三分校一分

集賢池荅侍中問

主人晚入皇城宿問客徘徊何所須池月幸閑無用處今宵能借客遊無

楊柳枝二十韻 楊柳枝洛下新聲也洛之小妓有善歌之者詞章音韻聽可動人故賦之

小妓攜桃葉新歌蹋柳枝粧成剪燭後醉起拂衫時繡履嬌行緩花筵笑上遲身輕委迴雪羅薄透凝脂笙引簧頻煖箏催柱數移樂童翻怨調才子與妍詞便想人如樹先將髮比絲風條搖兩帶烟蕊帖雙眉口動櫻桃破鬟低翡翠垂枝柔腰嫋娜荑嫩手葳蕤唳鶴晴呼侶哀猿夜叫兒玉敲音歷歷珠貫字纍纍袖爲收聲點釵因赴節遺重重遍頭別一一拍心知塞北愁攀折江南苦別離黃遮金谷岸綠映杏園池春惜芳華好秋憐顏色衰取來歌裏唱勝向笛中吹曲罷那能別情多不自持纏

頭無別物一首斷腸詩

荅皇甫十郎中秋深酒熟見憶

煙景冷蒼茫秋深夜夜霜爲思池上酌先覺甕頭香未暇傾巾漉還應染指嘗醍醐慙氣味虎魄讓晶光若許陪歌席須容散道塲月終齋戒畢猶及菊花黃

老去

老去愧妻兒冬來有勸詞煖寒從飲酒衝冷少吟詩戰勝心還壯齋勤體校羸由來世間法損益合相隨

送宗實上人遊江南

忽辭洛下緣何事擬向江南住幾時每過渡頭傷問法無妨菩薩是舩師

和同州楊侍郎誇柘枝見寄

細吟馮翊使君詩憶作餘杭太守時君有一般輸我事柘枝看

挍十年遲

冬初酒熟二首

霜繁脆庭柳風利剪池荷月色曉弥苦烏聲寒更多秋懷久寥落冬計又如何一甕新醅酒萍浮春水波

酒熟無來客因成獨酌謡人間老黃綺地上散松喬忽忽醒還醉悠悠暮復朝殘年多少在盡付此中銷

送姚杭州赴任因思舊遊二首

與君細話杭州事爲我留心莫等閑閭里固宜勤撫恤樓臺亦要數躋攀笙歌縹緲虛空裏風月依俙夢想間且喜詩人重管領遥飛一盞賀江山

渺渺錢唐路幾千想君到後事依然靜逢竺寺徭偷橘閑看蘇家女採蓮故妓數人憑問訊新詩兩首倩留傳舍人雖健無多興老校當時八九年（杭民至今呼余爲白舍人）

寄李相公

漸老只謀歡雖貧不要官唯求造化力試為駐春看

冬日平泉路晚歸

山路難行日易斜烟村霜樹欲棲鵶夜歸不到應閑事熱飲三盃即是家

利仁北街作

草色班班春雨晴利仁坊北面西行踟躕立馬緣何事認得張家歌吹聲

洛陽堰閑行

洛陽堰上新晴日長夏門前欲暮春遇酒即沽逢樹歇七年此地作閑人

過永寧

村杏野桃繁似雪行人不醉為誰開賴逢山縣盧明府引我花

前勸一盃

往年稠桑曾喪白馬題詩廳壁今來尚存又復感懷更題絶句

路傍埋骨蒿草合壁上題詩塵蘚生馬死七年猶悵望自知無乃太多情

羅敷水

野店東頭花落處一條流水號羅敷芳魂艷骨知何在春草茫茫墓亦無

路逢青州王大夫赴鎮立馬贈別

大旆擁金羈書生得者稀何勞問官職豈不見光輝赫赫人爭看翩翩馬欲飛不欺前歳尹駐節語依依前年春予爲河南尹王爲少尹

和楊同州寒食乾坑會後聞楊工部欲到知予與工部有宿酲

夜飲歸常晚朝眠起更遲舉頭中酒後引手索茶時拂枕青長袖欹簪白接䍠宿醒無興味先是肺神知

和劉汝州酬侍中見寄長句因書集賢坊勝事戲而問之

洛川汝海封畿接履道集賢來往頻一復時程雖不遠百餘步地更相親（汝去洛程一宿履道集賢兩宅相去一百三十步）朱門陪宴多投轄青眼留歡任吐茵聞道郡齋還有酒風前月下對何人

池上三絕

山僧對碁坐局上竹陰清映竹無人見時聞下子聲

其二

小娃撑小艇偷採白蓮迴不解藏蹤跡浮萍一道開

白羽扇

素是自然色圓因裁製功颯如松起籟飄似鶴翻空盛夏不銷

雪終年無盡風引秋生手裏藏月入懷中麈尾斑非疋蒲葵陋不同何人稱相對清瘦白鬚翁

五月齋戒罷宴徹樂聞韋賓客皇甫郎中飲會亦稀又知欲携酒饌出齋先以長句呈謝

妓房匣鏡滿紅埃酒庫封餅生綠苔居士尒時緣護戒車公何事亦停盃散齋香火今朝散開素盤筵後日開隨意往還君莫恠坐禪僧去飲徒來

閑園獨賞因夢得所寄蜂鶴之詠引成此篇以和之

午後郊園靜晴來景物新雨添山氣色風借水精神永日若為度獨遊何所親仙禽狎君子芳樹倚佳人蟻鬬王爭肉蝸移舍逐身蜨雙知伉儷蜂分見君臣蠢蠕形雖小逍遥性即均不知鵬與鷃相去幾微塵

種柳三詠

白頭種松桂早晚見成林不及栽楊柳明年便有陰春風爲催促副取老人心

從君種楊柳夾水意如何准擬三年後青絲拂緑波仍教小樓上對唱楊枝歌

更想五年後千千條麴塵路旁深映月樓上闇藏春愁殺閑遊客聞歌不見人

偶吟

好官病免曾三度散地歸休已七年老自退閑非世弃貧蒙強健是天憐韋荆南去留春服王侍中來乞酒錢便得一年生計足與君美食復甘眠

池上即事

移牀避日依松竹解帶當風掛薜蘿鈿砌池心緑蘋合粉開花面白蓮多久陰新霽宜絲管苦熱初涼入綺羅家醖缾空人客

絶今宵爭奈月明何

南塘暝興

水色昏猶白霞光暗漸無風荷搖破扇波月動連珠蟋蟀啼相應鴛鴦宿不孤小僮頻報夜歸步尚踟蹰

小宅

小宅里閭接疎籬雞犬通渠分南港水窓借北家風庾信園殊小陶潛屋不豐何勞問寛窄寛窄在心中

諭親友

適情處處皆安樂大底園林勝市朝煩閙榮華猶易過優閑福禄更難銷自憐老大宜疎散却被交親歎寂寥終日相逢不相見兩心相去一何遥

龍門送別皇甫澤州赴任韋山人南遊

隼旟歸洛知何日鶴駕還嵩莫過春惆悵香山雲水冷明朝便

是獨遊人

劉蘇州寄釀酒糯米李浙東寄楊柳枝舞衫偶因嘗酒試衫輒成長句寄謝之

柳枝慢踏試雙袖桑落初香嘗一盃金屑醅濃吳米釀銀泥衫穩越娃裁舞時已覺愁眉展醉後仍教笑口開慙愧故人憐寂寞三千里外寄歡來

詔授同州刺史病不赴任因詠所懷

同州慵不去此意復誰知誠愛俸錢厚其如身力衰可憐病判案何似醉吟詩勞逸懸相遠行藏決不疑徒煩人勸諫只合自尋思白髮來無限青山去有期野心唯怕鬧家口莫愁飢貴却新昌宅聊充送老資

寄楊六侍郎 時楊初授戶部予不赴同州

西戶最榮君好去左馮雖穩我慵來秋風一筯鱸魚鱠張翰搖

頭喚不迴

韋七自太子賓客再除祕書監以長句賀而餞之

往年嘗與予同爲祕監

離筵莫愴且同歡共賀新恩拜舊官屈就商山伴麋鹿好歸芸閣狎鵷鸞落星石上蒼苔古畫鶴廳前白露寒老監姓名應在壁相思試爲拂塵看

酒熟憶皇甫十

新酒此時熟故人何日來自從金谷別不見玉山頹踈索柳花盌寂寥荷葉盃今冬問氊帳雪裏爲誰開

九年十一月二十一日感事而作 其日獨遊香山寺

禍福茫茫不可期大都早退似先知當君白首同歸日是我靑山獨往時顧索素琴應不暇憶牽黃犬定難追麒麟作脯龍爲醢何似泥中曳尾龜

即事重題

重裘煖帽寛氊履小閣低窻深地爐身穩心安眠未起西京朝士得知無

將歸渭村先寄舍弟

一年年覺此身衰一日日知前事非詠月嘲花先要減登山臨水亦宜稀子平嫁娶貧中畢元亮田園醉裏歸爲報阿連寒食下與吾釀酒掃柴扉

看嵩洛有歎

今日看嵩洛迴頭歎世間榮華急如水憂患大於山見苦方知樂經忙始愛閑未聞籠裏鳥飛出肯飛還

詠懷

隨緣逐處便安閑不住朝廷不入山心似虛舟浮水上身同宿鳥寄林間尚平婚嫁了無累馮翊符章封却還時阿羅初嫁及同州官吏放歸處

分貧家殘活計匹如身後莫相關

詠老贈夢得

與君俱老也自問老何如眼澁夜先卧頭慵朝未梳有時扶杖出盡日閉門居懶照新磨鏡休看小字書情於故人重跡共少年踈唯是閑談興相逢尚有餘

白氏文集卷第三十二

白氏文集卷第三十三

律詩凡一百首

從同州刺史改授太子少傅分司

承華東署三分務履道西池七過春歌酒優遊聊卒歲園林蕭灑可終身留侯爵秩誠虛貴疏受生涯未苦貧月俸百千官二品朝廷雇我作閑人張良疏受並爲太子少傅

奉和裴令公新成午橋莊綠野堂即事

舊逕開桃李新池鑿鳳凰只添丞相閤不改午橋莊遠處塵埃少閑中日月長青山爲外屏綠野是前堂引水多隨勢栽松不趁行年華翫風景春事看農桑花妬謝家妓蘭偷荀令香遊絲飄酒席瀑布濺琴床巢許終身隱蕭曹到老忙千年落公便進退處中央時裴加中書令

自題小草亭

新結一茅茨規模儉且卑土階全壘塊山木半留皮陰合連藤架叢香近菊籬壁宜藜杖倚門稱荻簾垂窓裏風清夜簷間月好時留連甞酒客勾引坐禪師伴宿雙棲鶴扶行一侍兒緑醅量盞飲紅稻約升炊齷齪豪家笑酸寒富屋欺陶廬閑自愛顏巷陋誰知螻蟻謀深穴鷦鷯占小枝各隨其分足焉用有餘爲

自詠

細故隨緣盡衰形具體微鬬閑僧尚鬧較瘦鶴猶肥老遣寬裁襪寒教厚絮衣馬從銜草驟雞任啄籠飛只要天和在無令物性違自餘君莫問何是復何非

新亭病後獨坐招李侍郎公垂

新亭未有客竟日獨何爲趁暖泥茶竈防寒夾竹籬頭風初定後眼暗欲明時淺把三分酒閑題數句詩應須置兩榻一榻

待公垂

閑卧寄劉同州

軟褥短屛風昏昏醉卧翁鼻香茶熟後腰暖日陽中伴老琴長在迎春酒不空可憐閑氣味唯欠與君同

殘酌晚飡

閑傾殘酒後煖擁小爐時舞看新翻曲歌聽自作詞魚香肥潑火飯細滑流匙除却慵饞外其餘盡不知

喜見劉同州夢得

紫綬白髭鬚同年二老夫論心共牢落見面且歡娛酒好攜來否詩多記得無應須爲春草五馬少踟躕

裴令公席上贈別夢得

年老官高多別離轉難相見轉相思雪銷酒盡梁王起便是鄒枚分散時

尋春題諸家園林

聞健朝朝出乗春處處尋天供閑日月人借好園林漸以狂爲態都無悶到心平生身得所未省似而今

又題一絶

皃隨年老欲何如興遇春牵尚有餘遥見人家花便入不論貴賤與親踈

家園三絶

滄浪峽水子陵灘路遠江深欲去難何似家池通小院卧房階下揷魚竿

二

籬下先生時得醉甕閒吏部暫偷眠何如家醖雙魚榼雪夜花時長在前

三

鴛鴦怕捉竟難親鸚鵡雖籠不著人何似家禽雙白鶴閑行一步亦隨身

老來生計

老來生計君看取白日遊行夜醉吟陶令有田唯種黍鄧家無子不留金人間榮耀因緣淺林下幽閑氣味深煩慮漸銷虛白長一年心勝一年心

早春題少室東巖

三十六峯晴雪銷嵐翠生月留三夜宿春引四山行遠草初含色寒禽未變聲東巖㝡高石唯有我題名

早春即事

眼重朝眠足頭輕宿酒醒陽光滿前戶雪水半中庭物變隨天氣春生逐地形北簷梅晚白東岸柳先青葱壠抽羊角松巢墮鶴翎老來詩更拙吟罷少人聽

歎春風兼贈李二十侍郎二絶

樹根雪盡催花發池岸冰銷放草生唯有鬚霜依舊白春風於我獨無情

二

道場齋戒今初畢酒伴歡娛久不同不把一盃來勸我無情亦得似春風

春來頻與李二賔客郭外同遊因贈長句

風光引步酒開顔送老銷春嵩洛閒朝踏落花相伴出暮隨飛鳥一時還我爲病叟誠宜退君是才臣豈合閑可惜濟時心力在放教臨水復登山

二月二日

二月二日新雨晴草牙菜甲一時生輕衫細馬春年少十字聿頭一字行

春和令公綠野堂種花

綠野堂開占物華路人指道令公家令公桃李滿天下何用堂前更種花

清明日登老君閣望洛城贈韓道士

風光烟火淸明日歌哭悲懽城市閒何事不隨東洛水誰家又葬北邙山中橋車馬長無巳下渡舟航亦不閑塚墓纍纍人擾擾遼東悵望鶴飛還

三月三日

畫堂三月初三日絮撲紗窗鷰拂簷蓮子數盃嘗冷酒柘枝一曲試春衫堦臨池面勝看鏡戶映花藂當下簾指點樓南翫新月玉鉤素手兩纖纖

雨中聽琴者彈别鶴操

雙鶴分離一何苦連陰雨夜不堪聞莫敎遷客孀妻聽嗟歎悲

啼詎殺君

酬鄭二司録與李六郎中寒食日相遇同宴見贈二人並是同年

偶因冷節會嘉賓況是平生心所親迎接須矜踈傳老袪供莫笑阮家貧盃盤狼藉宜侵夜風景闌珊欲過春相對喜歡還悵望同年只有此三人

喜與楊六侍御同宿

岸幘靜言明月夜匡牀閑卧落花朝二三月裏饒春睡七八年來不早朝濁水清塵難會合高鵬低鷃各逍遥眼看又上青雲去更卜同衾一兩宵

殘春詠懷贈楊慕巢侍郎

位逾三品日太子少傅官三品年過六旬時予今年六十五不道官班下其如筋力衰猶憐好風景轉重舊親知少壯難重得歡娱且強爲興來池上

酌醉出袖中詩靜話開襟久閑吟放盞遲落花無限雪殘鬢幾
多絲莫說傷心事春翁易酒悲

閑居春盡

閑泊池舟靜掩扉老身慵出客來稀愁因暮雨留教住春被
殘鶯喚遣歸揭甕偷嘗新熟酒開箱試著舊生衣冬裘夏葛
相催促垂老光陰速似飛

春盡日天津橋醉吟偶呈李尹侍郎

宿雨洗天津無泥未有塵初晴迎早夏落照送殘春興發詩隨
口狂來酒寄身水邊行嵬峩橋上立逡巡疎傳心情老吳公政化新
三川徒有主風景屬閑人

池上逐涼二首

青苔地上銷殘暑綠樹陰前逐晚涼輕展單衣薄紗帽淺池平
岸庳藤床簪纓怪我情何薄泉石諳君味甚長徧問交親爲老

計多言宜靜不宜忙

二

窓閒睡足休高枕水畔閑來上小舩棹遣禿頭奴子撥茶教纖手侍兒煎門前便是紅塵地林外無非赤日天誰信好風淸簟上更無一事但翛然

香山避暑二絶

六月灘聲如猛雨香山樓北暢師房夜深起凭欄杆立滿耳潺湲滿面涼

二

紗巾草履竹踈衣晚下香山蹋翠微一路涼風十八里卧乘籃轝睡中歸

老夫

七八年來遊洛都三分遊伴二分無風前月下花園裏處處唯

殘亇老夫世事勞心非富貴人生實事是歡娛誰能逐我來閑坐時共酣歌傾一壺

香山下卜居

老須爲老計老計在抽簪山下初投足人間久息心亂藤遮石壁絶澗護雲林若要深藏處無如此處深

無長物

莫訝家居窄無嫌活計貧只緣無長物始得作閑人青竹單床簟烏紗獨幅巾其餘皆稱是亦足奉吾身

宿香山寺酬廣陵牛相公見寄來詩云唯羨東都白居士月明香積問禪師時牛相三表乞退有詔不許

手札八行詩一篇無由相見但依然君臣聖主方行道我事空王正坐禪支許徒思遊白月虁龍未放下青天應須且爲蒼生住猶去懸車十四年牛相公今年五十七

以詩代書寄戶部楊侍郎勸買東鄰王家宅

勸君買取東鄰宅與我衡門相並開雲映嵩峯當戶牖月和伊水入池臺林園亦要閒閑置筋力應須及健迴莫學因循白賓客欲年六十始歸來

贈談客

上客清談何亹亹幽人閑思自寥寥請君休說長安事膝上風清琴正調

初入香山院對月 大和六年秋作

老住香山初到夜秋逢白月正圓時從今便是家山月試問清光知不知

題龍門堰西澗

東岸菊叢西岸柳柳陰烟合菊花開一條秋水瑠璃色闊狹纔容小舫迴除却悠悠白少傅何人解入此中來

秋霖中奉裴令公見招早出赴會馬上先寄六韻

雨暗三秋日泥深一尺時老人平旦出自問欲何之不是尋醫藥非干送別離素書傳好語絳帳赴佳期續借桃花馬催迎楊柳姬只愁張録事罰我怪來遲

嘗酒聽歌招客

一甕香醪新插篘雙鬟小妓薄能謳管絃漸好新教得羅綺雖貧免外求世上貪忙不覺苦人間除醉即須愁不知此事君知否君若知時從我遊

八月三日夜作

露白月微明天凉景物清草頭珠顆冷樓角玉鈎生氣爽衣裳健風疎砧杵鳴夜衾香有思秋簟冷無情夢短眠頻覺宵長起暫行燭凝臨曉影蟲怨欲寒聲槿老花先盡蓮凋子始成四

時無了日何用歎衰榮

病中贈南鄰覓酒

頭痛牙疼三日臥妻看煎藥婢來扶今朝似挍撞頭語先問南鄰有酒無

曉眠後寄楊戶部

軟綾羃褥薄綿被涼冷秋天穩暖身一覺曉眠殊有味無因寄與早朝人

秋雨夜眠

涼冷三秋夜安閑一老翁臥遲燈滅後睡美雨聲中灰宿温瓶香添暖被籠曉晴寒未起霜葉滿階紅

喜夢得自馮翊歸洛兼呈令公

上客新從左輔迴高陽興助洛陽才已將四海聲名去又占三春風景來甲子等頭憐共老文章敵手莫相猜鄒枚未用爭

詩酒且飲梁王賀喜盃

齋戒滿夜戲招夢得

紗籠燈下道場前白日持齋夜坐禪無復更思身外事未能全盡世間緣明朝又擬親盃酒今夕先聞理管絃方丈若能來問疾不妨兼有散花天

和令公問劉賓客歸來稱意無之作

水南秋一半風景未蕭條皂蓋迴沙苑藍轝上洛橋閑嘗黄菊酒醉唱紫芝謡稱意那勞問請（平）錢不早朝

酬夢得窮秋夜坐即事見寄

焰細燈將盡聲遥漏正長老人秋向火小女夜縫裳菊悴籬經雨萍銷水得霜今冬暖寒酒先擬共君嘗

偶於維陽牛相公處覓得箏箏未到先寄詩來走筆戲荅（來詩云但愁封寄去魔物或驚禪）

楚匠饒巧思秦箏多好音如能惠一面何啻直雙金玉柱調須品
朱絃染要深會教魔女弄不動是禪心

荅夢得秋庭獨坐見贈

林梢隱映夕陽殘庭際蕭疏夜氣寒霜草欲枯虫思急風枝未
定鳥棲難容衰見鏡同惆悵身健逢盃且喜歡應是天教相煖
熱一時垂老與閑官

長齋月滿攜酒先與夢得對酌醉中同赴令公之
宴戲贈夢得

齋宮前日滿三旬酒榼今朝一拂塵乘興還同訪戴客解酲仍
對姓劉人病心湯沃寒灰活老面花生朽木春若怕平原怪先
醉知君未慣吐車茵

奉酬淮南牛相公思黯見寄二十四韻每對雙關分敘兩意

白老忘機客牛公濟世賢鷗棲心戀水鵬舉翅摩天累就優
閑秩連操造化權貧司甚蕭灑榮路自喧闐望苑三千日台
階十五年是人皆弃忘何物不陶甄（居易三任官寮皆分司東都于茲八載思黯出入外內凡十五
年皆同平章事）籃轝遊嵩嶺油幢鎮海壖竹篙撐釣艇金甲擁樓
舩雪夜尋僧舍春朝列妓筵長齋儼香火密宴簇花鈿自
覺閑勝鬧遥知醉笑禪是非分未定會合杳無緣我正思楊
府君應望洛川西來風嫋嫋南去鴈連連日落龍門外潮生
瓜步前秋同一時盡月共兩鄉圓舊眷交歡在新文氣調全
慙無白雪曲難荅碧雲篇金谷詩誰賞蕪城賦衆傳珠應
哂魚目鉛未伏龍泉遠訃驚魔物深情寄酒錢霜紈一百疋
玉柱十三絃（思黯遠寄箏來先寄詩云但愁封寄去魔物或驚禪仍與酒資同至）楚醴來樽裏秦聲送
耳邊何時紅燭下相對一陶然

吴祕監每有美酒獨酌獨醉但蒙詩報不以飲招

輒此戲酬兼呈夢得

蓬山仙客下烟霄對酒唯吟獨酌謡不怕道狂揮玉爵記云飲玉爵者弗揮亦曾乘興換金貂吴監前任散騎常侍君稱名士誇能飲王孝伯云但常無事讀離騷痛飲即可稱名士我是愚夫肯見招獨酌謡云愚夫子不招賴有伯倫爲醉伴何愁不慠松喬

酬夢得霜夜對月見懷

凄淸冬〻夜景摇落長年情月帶新霜色碪和遠鴈聲暖憐火近寒覺被衣輕枕上酬佳句詩成夢不成

初冬〻月夜得皇甫澤州手札并詩數篇因遺報書偶題長句

淸冷玉韻兩三章落泊銀鈎

路遠羊腸水南地空去冬

之北地屯寂恨潑醅新□酒迎冬〻不

雪中酒熟欲攜觴訪吴監先寄此詩

新雪對新酒憶同傾一杯自然須訪戴不必待延枚（雪賦云延枚叟）陳榻無辭解袁門莫懶開笙歌與談笑隨事自將來

酬令公雪中見贈訝不與夢得同相訪

雪似鵝毛飛散亂人披鶴氅立徘徊鄒生枚叟非無興唯待梁王召即來

題酒甕呈夢得

若無清酒兩三甕爭向白鬚千萬莖麴糵銷愁真得力光陰催老苦無情凌烟閣上功無分伏火爐中藥未成更擬共君何處去且來同作醉先生

迂叟

一辭魏闕就商賓散地閑居八九春初時被目爲迂叟近日蒙呼作隱人冷暖俗情諳世路是非閑論任交親應須繩墨機關

外安置疎愚鈍滯身

洛下閑居寄山南令狐相公

已收身向園林下猶寄名於祿仕間不鍛嵇康彌懶靜無金疎傅更貧閑支分門內餘生計謝絕朝中舊往還唯是相君未忘得時思漢水夢巴山

惜春贈李尹

春色有時盡公門終日忙兩衙但平聲不闕一醉亦何妨芳樹花團雪衰翁鬢撲霜知君倚年少未苦惜風光

對酒勸令公開春遊宴

時泰歲豐無事日功成名遂自由身前頭更有忘憂日向上應無快活人自去年來多事故從今日去少交親宜須數數謀歡會好作開成第二春

與夢得偶同到敦詩宅感而題壁

山東纔副蒼生願漢書云山東出相川上俄驚逝水波履道淒涼新第宅敦詩宅在履道修造初成宣城零落舊笙歌崔家妓樂多歸宣州也園荒唯有薪堪採門冷兼無雀可羅今日相隨偶同到傷心不是故經過

楊六尚書新授東川節度使代妻戲賀兄嫂二絶

劉綱與婦共升仙弄玉隨夫亦上天何似沙哥領崔嫂碧油幢引向東川

金花銀椀饒兄用罨畫羅衣盡上嫂裁覓得黔婁爲妹壻可能空寄蜀茶來

閑遊即事

郊野遊行熟村園次第過驀山尋浥澗踏水渡伊河寒食青青草春風瑟瑟波逢人共盃酒隨馬有笙歌勝事經非少芳辰過亦多還須自知分不老擬如何

六十六

七十欠四歲此生那足論每因悲物故還且喜身存安得頭長黑爭教眼不昏交遊成拱木婢僕見曾孫瘦覺腰金重衰憐鬢雪繁將何理老病應付與空門

池上早春即事招夢得

老更驚年改閑先覺日長晴薰榆莢黑春染柳梢黄雪破山呈色冰融水放光徑平穩舩舫輕暖好衣裳白角三升榼紅茵六尺牀偶遊難得伴獨醉不成狂我有中心樂君無外事忙經過莫慵懶相去兩三坊

因夢得題公垂所寄蠟燭因寄公垂

照梁初日光相似出水新蓮艷不如卻寄兩條君領取明年雙引入中書（宰相入朝舉雙燭餘官各一）

令公南莊花柳正盛欲偷一賞先寄二篇

宸憶樓花千萬朶偏憐堤柳兩三株擬提社酒攜村妓擅入朱門莫恠無（映樓桃花拂堤垂柳是莊上宸勝絶處故舉以爲對）

二

可惜亭臺閑度日欲偷風景暫遊春只愁花裏鶯饒舌飛入宮城報主人

春夜宴席上戲贈裴淄州

九十不衰眞地仙（裴年九十不衰羸）六旬猶健亦天憐（予自謂也）今年相遇鶯花月此夜同歡歌酒筵四座齊聲和絲竹兩家隨分鬬金鈿留君到曉無他意圖向君前作少年

贈夢得

年顔老少與君同眼未全昏耳未聾放醉臥爲春日伴趁歡行入少年叢尋花借馬煩川守弄水偷船惱令公聞道洛城人盡恠呼爲劉白二狂翁

晚春欲擕酒尋沈四著作先以六韻寄之

病容衰慘澹芳景晚蹉跎無計留春得爭能奈老何篇章慵報荅杯讌喜去声經過顧我酒狂久負君詩債多沈前後惠詩十餘首春來多醉竟未詶荅今故云尒敢辭擕緑蟻只願見青娥寂憶陽關唱真珠一串歌沈有謳者善唱西出陽關無故人詞

開成二年三月三日河南尹李待價以人和歲稔將禊於洛濱前一日啓留守裴令公公明日召太子少傅白居易太子賓客蕭籍李仍叔劉禹錫前中書舍人鄭居中國子司業裴惲河南少尹李道樞倉部郎中崔晉司封員外郎張可續駕部員外郎盧言虞部員外郎苗愔和州刺史裴儔淄州刺史裴洽檢校禮部員外郎楊魯士四門博士談弘謩等一十五人

合宴于舟中由斗亭歷魏堤抵津橋登臨泝沿自晨及暮簪組交映歌笑間發前水嬉而後妓樂左筆硯而右壺觴望之若仙觀者如堵盡風光之賞極遊泛之娛美景良辰賞心樂事盡得於今日矣若不記錄謂洛無人晉公首賦一章鏗然玉振顧謂四座繼而和之居易舉酒抽毫奉十二韻以獻座上作

三月草萋萋黃鸎歇又啼柳橋晴有絮沙路潤無泥禊事修初畢遊人到欲齊金鈿耀桃李絲管駭鳧鷖轉岸廻船尾臨流簇馬蹄鬧於楊子渡踏破魏王堤妓接謝公宴詩陪荀令題舟同李膺汎醴爲穆生攜水引春心蕩花牽醉眼迷塵街從鼓動烟樹任鴉棲舞急紅腰凝去声歌遲翠黛低夜歸何用燭新月鳳樓西

同夢得寄賀東西川二楊尚書

龍節對持眞可愛鴈行相接更堪誇兩川風景同三月千里江山屬一家魯衞定知聯氣色潘楊亦覺有光華（予與二公皆忝姻戚）應憐洛下分司伴冷宴閑遊老看花

喜小樓西新柳抽條

一行弱柳前年種數尺柔條今日新漸欲拂他騎馬客未多遮得上樓人須教碧玉羞眉黛莫與紅桃作麴塵爲報金堤千萬樹饒伊未敢苦爭春

晚春酒醒尋夢得

料合同惆悵花殘酒亦殘醉心忘老易醒眼別春難獨出雖慵懶相逢定喜懽還攜小蠻去誠覓老劉看（小蠻酒榼名也）

感事

服氣崔常侍（晦叔）燒丹鄭舍人（居中）常期生羽翼那忽化灰塵每

遇淒涼事還思潦倒身唯知趁盃酒不解鍊金銀睡適三尸性慵安五藏神無憂亦無喜六十六年春

和裴令公南荘一絶（裴詩云野人不識中書令喚作陶家與謝家）

陶盧僻陋那堪比謝墅幽微不足攀何似嵩峯三十六長隨申甫作家山

宅西有流水墻下搆小樓臨翫之時頗有幽趣因命歌酒聊以自娛獨醉獨吟偶題五絶

伊水分來不自由無人解愛為誰流家家拋向墻根底唯我栽蓮起小樓

二

水色波文何所似麴塵羅帶一條斜莫言羅帶春無主自置樓來屬白家

三

日灧水光搖素壁風飄樹影拂朱欄皆言此處宜絃管試奏
霓裳一曲看

四

霓裳奏罷唱梁州紅袖斜翻翠黛愁應是遥聞勝近聽行人
欲過盡迴頭

五

獨醉還須得歌舞自娛何必要親賓當時一部清商樂亦不
長將樂外人

偶作

籃舁出即忘歸舍柴戸昏猶未掩關聞客病時慙體健見人
忙處覺身閑清凉秋寺行香去和煖春城拜表還木鴈一篇須
記取致身才與不才間

同夢得詶牛相公初到洛中小飲見贈（時牛相公辭罷揚州節度就拜）

東都留守

淮南揮手抛紅旆洛下迴頭向白雲政事堂中老丞相制科場裏舊將軍宮城烟月饒全占關塞風光請中分詩酒放狂猶得在莫欺白叟與劉君

幽居早秋閑詠

幽僻囂塵外清涼水木間卧風秋拂簟步月夜開關且得身安泰從他世險艱但休爭要路不必入深山軒鶴留何用泉魚放不還誰人知此味臨老十年間

和令狐僕射小飲聽阮咸

掩抑復凄清非琴不是箏還彈樂府曲別占阮家名古調何人識初聞滿座驚落盤珠歷歷摇珮玉琤琤似勸杯中物如含林下情時移音律改豈是昔時聲

燒藥不成命酒獨醉

白髪途秋王殻丹砂見火空不能留姹女爭免作衰翁賴有盃中緑能爲面上紅少年心不遠只在半酣中

送盧郎中赴河東裴令公幕

別時暮雨洛橋岸到日涼風汾水波荀令見君應問我爲言秋草閑門多

送李滁州

君於覺路深留意我亦禪門薄致功未悟病時須去病已知空後莫依空白衣卧疾嵩山下皂蓋行春楚水東誰道三年千里別兩心同在道場中

長齋月滿寄思黯

一日不見如三月一月相思如七年似隔山河千里地仍當風雨九秋天明朝齋滿相尋去挈榼抱衾同醉眠

冬夜對酒寄皇甫十

霜殺中庭草冰生後院池有風空動樹無葉可辭枝十月苦長夜百年強半時新開一餅酒那得不相思

歲除夜對酒

衰翁歲除夜對酒思悠然草白經霜地雲黃欲雪天醉依烏皆反香枕坐慵傍暖爐眠洛下閑來久明朝是十年

白氏文集卷第三十三